ars vivendi®

Elmar Tannert

Ein Satz an Herrn Müller

Roman

ars vivendi

Auf Wunsch des Autors erscheint dieses Buch
in alter Rechtschreibung.

Originalausgabe

1. Auflage April 2017

www.arsvivendi.com

Lektorat: Dr. Felicitas Igel
Umschlaggestaltung: Annalena Weber – Buchdesign
Druck: CPI books GmbH, Leck
Gedruckt auf holzfreiem Werkdruckpapier
der Papierfabrik Arctic Paper

MIX
Papier aus verantwortungsvollen Quellen
FSC® C083411
FSC www.fsc.org

Printed in Germany

ISBN 978-3-86913-763-6

Ich hasse das, was du sagst, aber ich gäbe mein Leben dafür, daß du es sagen kannst.

Evelyn Beatrice Hall

Die Poesie ist die Aussicht aus dem Krankenzimmer des Lebens.

Jean Paul

Vor diesem Text habe ich Angst, ich fürchte mich vor ihm.

Bohumil Hrabal

Seit ich vor vielen Jahren Ihre nähere Bekanntschaft gemacht habe, lebt in mir der unerfüllbare Wunsch, der Traum, mir von Ihnen eine Wohnung einrichten zu lassen,

unerfüllbar nicht, weil es mir an Geld fehlen würde, obwohl es mir ja tatsächlich an Geld fehlt, doch wenn nur dies der Grund wäre, würde ich ohne Skrupel alten Damen die Handtaschen entreißen, bis ich den nötigen Betrag beisammenhätte,

unerfüllbar auch nicht, weil ich Ihnen, Herr Müller, nicht vertrauen, Ihnen nicht zutrauen würde, meinen Traum zu erfassen und ihn auf Ihren nächtlichen Fahrten über Land Gestalt werden zu lassen,

ganz wie der Märchenkönig, denke ich oft, wenn ich an Sie denke, wie der Märchenkönig, der in mondhellen Nächten die Pferde vor die Kutsche oder den Schlitten spannen ließ, über Land fuhr und von den Schlössern träumte, die er noch bauen würde,

manchmal stelle ich mir vor, daß Sie es dem Märchenkönig gleichtun, morgens um drei an der Haustür eines Einödhofs klopfen und um ein Glas Milch ersuchen, das Sie anderntags den braven Leuten durch einen livrierten Boten königlich vergüten,

oder frage mich, ob Sie, während Sie in Wahrheit an einer Tankstelle stehen, wo die

Vision der schlichten weißen Milch von Tausenden bunt verpackter Dinge überstrahlt wird, wenigstens davon träumen, aus der Hand einer schlaftrunkenen Magd ein Glas Milch zu empfangen,

in einer nächtlichen Tankstelle würden Sie stehen, unseren Gesprächen nachsinnend, wenn ich Sie beauftragt hätte, mir die ideale Wohnung, den idealen Arbeitsraum zu gestalten, wie Sie es immer tun, wenn Sie einen schwierigen Kunden haben, einen anspruchsvollen, würden an unsere Gespräche denken,

in einer Tankstelle würden Sie stehen und sich gewiß daran erinnern, daß wir zum ersten Mal nachts an einer Tankstelle zusammengetroffen sind, wo Sie vor vielen Jahren mein Kunde waren,

damals waren Sie noch nicht der Paradiesvogel, der Sie heute sind, damals fuhren Sie in einem Geländewagen vor, damals trugen Sie Jeans, Springerstiefel und eine grüne Bomberjacke und kamen zu mir in die Tankstelle, um ein Paar Würstchen zu essen,

lange Zeit hatte ich damals darüber nachgedacht, was wohl Ihr Beruf sein könnte, und selbst heute noch scheue ich mich, Ihnen zu sagen, was für einen Verdacht manche Kunden aussprachen, nachdem Sie die Tankstelle wieder verlassen hatten, manchmal kauften Sie auch vier Magnum-Eis und brausten weiter durch die Nacht, und erst Jahre später gestanden Sie mir, daß Sie, entgegen meiner Vermutung, es befänden sich Freunde in Ihrem Wagen, stets allein unterwegs waren und die vier Magnum-Eis alle selbst aßen,

schon wenige Monate aber, nachdem wir uns kennengelernt hatten, erzählte ich Ihnen von meinem geheimen Leben, und Sie sagten mir, ich solle einen Blick in die neueste Ausgabe der Zeitschrift *Madame* werfen, um zu erfahren, was Ihr Beruf ist,

und ich las, daß Sie die Wünsche und Sehnsüchte, die Vorlieben und Abneigungen Ihrer Kunden aufspüren und erspüren, las nachts in der Tankstelle, daß Sie versuchen, in ihre Seelen zu blicken, in sie hineinzulauschen, um ihnen ihr Traumhaus oder ihre Traumwohnung zu entwerfen, und sich mit Vorliebe nachts durch die Welt bewegen, wenn sie von Träumen durchflattert wird, die Sie erhaschen können,

tagsüber dann bringen Sie Ihre Beute zu Papier und lassen Ihrem Kunden ein eigenes Reich entstehen, in dem alles, vom Lichtschalter bis zum Bücherregal, von der Hausbar bis zur Badewanne, vom Gemälde bis zur Zeichnung an der Wand, sorgsam von Ihnen ausgewählt, komponiert und installiert wird, ich frage mich nur, wann Sie überhaupt schlafen, Herr Müller,

und dort, in der Tankstelle, würde Ihnen bewußt, daß ich nicht nur schwierig bin, sondern der schwierigste Kunde, dem Sie jemals seine geheimsten Wünsche abgelauscht haben,

dort würde Sie die Vision von der einzigen Möglichkeit, meinen Traum zu erfüllen, überfallen, die zugleich eine Unmöglichkeit ist, weil Sie erkennen würden, daß ich kein Wohner bin, sondern ein Wohnungsflüchter, was in aller Deutlichkeit Ihnen zu sagen ich bisher nicht gewagt habe,

und das, obwohl ich in meiner Wohnung ein Arbeitszimmer habe, mithin in meiner Wohnung bleiben und arbeiten sollte, um nicht restlos zu verelenden,

doch dient mir dieses sogenannte Arbeitszimmer nur dazu, einen Teil der Miete und der Nebenkosten steuerlich absetzen zu können, für das Finanzamt habe ich meine gesamte Wohnung ausgemessen und einen Plan gezeichnet, aus dem sich ein Anteil von 27,78 % für das Arbeitszimmer ergab, in dem ich nie arbeite,

nur als Kulisse für Fotografen erfüllt es einen gewissen Zweck, alle paar Jahre kommt ein Fotograf vorbei, der den Plan gefaßt hat, Schriftsteller zu porträtieren, um die Fotos in Ausstellungen und Büchern zu veröffentlichen, ein frevelhaftes Unterfangen, wie ich finde, weil die Fotografen etwas einfangen wollen, was nicht einzufangen ist, weil sie eine Lüge festhalten, wenn sie den Schriftsteller dazu nötigen, sich in einem Akt der Scheinentblößung an den Schreibtisch zu setzen und zu schreiben,

jeder halbwegs intelligente Mensch, der das Foto betrachten wird, kann sich ja denken, daß darauf kein Augenblick der Inspiration festgehalten ist, sondern die Hand auf dem Papier im Augenblick der Fotografie nur Kringel oder Schlangenlinien malt, die Hände auf der Tastatur nur sdajüiojgasdfoigjfaüi oder nbvpasfdjkgunvpwerzg hineinhacken,

bei Raymond Chandler wären solche Schriftstellerfotografen an den Richtigen geraten,

Chandler konnte Schriftstellerfotos nicht ausstehen, die meisten Schriftsteller, hat er geschrieben, sind gräßlich aussehende Menschen, und schon oft habe ihn ein Schriftstellergesicht auf dem Buchumschlag so sehr abgestoßen, daß er das Buch nicht lesen konnte,

ich bin mir sicher, nur wegen der allgemeinen Fotografier- und Bildersucht konnte es soweit kommen, daß attraktive junge Frauen mit magersüchtigen Plagiatsgeschichten zu Stars werden,

ich bin mir sicher, Chandler hätte Journalisten, die ihn mitsamt Kameraleuten für ein Interview heimsuchten, sofort hinausgeworfen, wenn sie an ihn das Ansinnen gerichtet hätten, ihn beim Schreiben zu filmen,

ich habe das Schreiben nie bereut, Herr Müller, hingegen das Publizieren des Geschriebenen mitsamt seinen Begleitumständen bestimmt schon millionenmal, und frage mich, wie oft ich es noch ertragen muß, mein eigenes Gesicht abgedruckt zu sehen,

wie oft ich es noch ertragen muß, Fotografen in der Wohnung zu haben, aus deren Gesicht ich sofort ablesen kann, daß meine Dinge nicht mehr meine, sondern ihre Dinge sind, die sie nach ihrem Belieben in die Hand nehmen und umplazieren und umarrangieren dürfen, weil meine Wohnung vorübergehend ihr Atelier geworden ist,

»das also ist Ihr Arbeitszimmer«, sagt der Fotograf, sagen die Fotografen und Kameraleute und sehen sich um, betrachten den großen Arbeitstisch in der Mitte, auf dem ich eine malerische Unordnung kultiviere, die einem IKEA-Spezialisten nicht besser gelingen könnte, Bleistifte, Notizhefte, Bleistifte, Notizbücher, Bleistifte, ungeöffnete Post in Kuverts mit amtlichem Aussehen, Bleistifte, bunte Klebezettelchen, Bleistifte,

dabei ist ihnen anzumerken, daß sie sich vorstellen, wie es aussieht, wenn ich an diesem Tisch sitze und arbeite, nein, nicht nur das, sondern daß sie es für völlig normal und plausibel halten, daß ich an diesem Tisch sitze und arbeite, und daß sie es für absurd hielten, wenn ich ihnen verriete, wo ich wirklich arbeite, weil sie dort, wo ich arbeite, nur herumsitzen und das tun, was sie »Leute beobachten« nennen,

»ich sitze gern im Café und beobachte die Leute«, sagen sie, und es klingt, als fühlten sie sich wie Zuschauer einer Theatervorstellung, als kämen sie gar nicht auf den Gedanken, daß sie nicht nur Täter, sondern auch Opfer sind, obwohl doch mindestens jeder zweite, der in einem Café sitzt, entweder Leute beobachtet oder wenigstens so aussieht, als behaupte er, daß er gern Leute beobachtet, aber niemals hört man einen Menschen sagen »ich sitze gern im Café und lasse mich von den anderen beobachten«,

nur das Finanzamt traut meinem Arbeitszimmer nicht, jeder neue Sachbearbeiter, der mir zugeteilt wird, schreibt mir, er könne nicht erkennen, daß mein Arbeitszimmer den Mittelpunkt meiner Tätigkeit darstelle, und jedes Mal, wenn ich einen solchen Brief bekomme, packt mich die Angst, der Finanzbeamte könnte mich beschattet haben,

und während ich den Brief beantworte,

während ich schreibe, daß mein Arbeitszimmer sehr wohl den Mittelpunkt meiner Tätigkeit darstelle, daß der Finanzbeamte nicht den Fehler begehen dürfe, zu denken, ich hielte mich mehr auf Lesebühnen als zu Hause auf,

während ich dem Finanzbeamten klarmache, daß all das, was ich in der Öffentlichkeit vorlese, irgendwann einmal geschrieben worden sein muß,

daß in einer Stunde vorgelesener Literatur die Arbeit von Wochen und Monaten steckt, die ich selbstverständlich in meinem Arbeitszimmer, wo sonst, geleistet habe,

während ich dies schreibe, sehe ich vor mir, wie der Finanzbeamte über meine Lügen in sardonisches Gelächter ausbricht,

weil er mir gefolgt ist in die Cafés, bis nach Pilsen sogar, in die *Měšťanská beseda* oder in den Speisesaal des Hotels *Slovan,*

weil er mich beobachtet hat, wie ich stundenlang Seite für Seite meines Notizbuchs mit ziellosen Notizen fülle, und mit seinen Beweisfotos die wahren Schriftstellerporträts gemacht hat,

Notizen übrigens, von denen ich nur hoffen kann, daß aus ihnen einmal so etwas Ähnliches wie Literatur wird,

weil er die abfotografierten Notizen, meine unfertigen, zusammenhanglosen Skizzen, an die er sich mit der Kamera herangezoomt hat, mit meiner dreisten Behauptung vergleicht, daß ich Literatur schreibe, weil er bereits seinen Plan gegen mich gefaßt hat,

weil er meine brieflichen Beteuerungen vervielfältigen wird, mit dem Stapel von Kopien von Zimmer zu Zimmer gehen und jeder Kollegin, jedem Kollegen ein Exemplar meines Briefes auf den Tisch legen wird, um die Empörung über meinen Arbeitszimmerbetrug im ganzen Amt auflodern zu lassen, um alle Kollegen zu mobilisieren, in der Mittagspause über meine Wohnung herzufallen wie eine Horde Staatsameisen und alle Nachlässigkeiten meiner Buchführung ans Tageslicht zu bringen,

vielleicht, überlege ich, während ich mit dem Finanzamtbrief in der Hand zum Briefkasten gehe, findet man unter den Menschen, die äußern, sie säßen gern im Café und beobachteten andere Leute, überdurchschnittlich viele Finanzbeamte, die Schriftstellern ihre Arbeitszimmer aberkennen wollen und ihnen zusehen, wie sie ihre »Manuskripte erstellen«,

um die grausame Sprache der Cheflektoren der Großverlage zu verwenden, die einen Schriftsteller als *Ersteller eines verkaufsfähigen Manuskripts* definieren,

eine Definition, die bewirkt, daß mir, sobald ich an sie denke, der Bleistift aus der Hand gleitet und für den Rest des Tages kein Gedanke mehr einfällt, ein Zustand, der mich bis auf den

Grund meiner Seele peinigt, wie soll ein Mensch wie ich, der nichts kann außer schreiben, den Tag ohne einen einzigen Gedanken verbringen, es gibt für einen Menschen wie mich, der, Sie wissen es, nicht das besitzt, was andere Leute ihre Hobbys oder Interessen nennen, keine anderen Möglichkeiten,

ich kann, wenn ich nicht schreibe, nur nichts tun,

nicht, weil ich Chandlers Rat befolgen will, ein Schriftsteller solle, wenn er nicht schreibt, lieber gar nichts tun als irgend etwas,

nein, beim Nichtstun beruhigt mich die Gewißheit, daß ich dann nicht so schnell altere, bei allen Beschäftigungen vergeht die Zeit so schnell, nur beim Nichtstun so wohltuend langsam, und während ich nichts tue, gebe ich mich meinem Neid auf die bildenden Künstler hin, der mich nicht nur bei dieser, auch bei anderen Gelegenheiten überkommt und den ich mir nicht wegtrinken kann,

weil ich in Wahrheit ein verhinderter Maler bin, weil ich all meine Geschichten und Romane lieber malen als schreiben, das gesamte entstehende Werk lieber auf einer Leinwand vor mir hätte, auf der ich stets alles im Blick behalte und hier etwas wegnehmen, dort etwas hinzufügen kann, kein Mensch, der nicht schreibt, ahnt ja, was für eine Anstrengung es bedeutet, den

Überblick über die Schlangenlinien von Schrift zu bewahren, die sich auf unzähligen Blättern in Notizbüchern ausbreiten,

auch wenn ich an Sie denke, Herr Müller, überkommt mich der Neid, weil ja auch Sie ein Künstler sind, ein Künstler wie der Bildhauer Flaminio Bertoni sind Sie, denke ich mir oft, der zeit seines Lebens nicht in der Öffentlichkeit stand, aber mit seiner Göttin, seinem rollenden Kunstwerk Citroën DS die Straßen eroberte,

Sie haben im Lauf von Jahren und Jahrzehnten Häuser in Wohnkunst verwandelt, Menschen wie Sie bringen Kunst dorthin, wo sie hingehört, nicht in Museumsfriedhöfe, sondern ins Leben, und wäre ich selbst ein Künstler, so gäbe es nicht mein Leiden am unerfüllbaren Traum,

Künstlern kann man einen leeren Raum geben, der nur einen Ofen und ein Radio haben muß, den Rest erledigen sie selbst, fahren zu einem derjenigen Läden, deren Sortiment mich magisch anzieht und zugleich verhöhnt, besorgen sich dort, wo ich gelegentlich meinen lächerlichen kleinen Einkauf aus Notizheften und Bleistiften tätige, ihre mannigformatigen Skizzenbücher, Aquarell- und Zeichenblöcke mit Zweihundert-Gramm-Papier, ihre Ölfarben in Neapelgelb, Indigo und Englischrot, ihre Acrylfarben in Chinacridonrosa, Phthalotürkis und Van-Dyck-Braun, ihre Aquarellfarben in

Kadmiumscharlach, Indanthrenblau und Alizarin-Karmesin, ihre Wachskreiden und Schwarzsteinstifte,

Dinge, die ich staunend und ehrfürchtig betrachte, in die Hand nehme, wieder an ihren Platz lege, wie ein Fünfjähriger, der heimlich die Schmink- und Frisierkommode seiner Mutter inspiziert, und würde ich je versuchen, ein Bild zu malen, hielte es jeder Betrachter für das Werk eines Fünfjährigen, niemals für das Werk des zehnmal so alten Mannes, der ich bin,

ein Teil meiner Seele, müssen Sie wissen, hat das Stadium des Fünfjährigen niemals verlassen, mit fünf Jahren nämlich bin ich eingeschult worden, was ein Versehen der Schulbehörde gewesen sein muß, gegen das meine Eltern nicht eingeschritten sind, und so kam ich als Fünfjähriger in eine Schulklasse, in der ich mit Abstand der Jüngste war, umgeben von Sechs- und Siebenjährigen, die aus meiner Sicht halbe Erwachsene waren, ausgeliefert an eine kinderhassende Lehrerin, die kurz vor ihrer Pensionierung stand,

ich konnte nichts, Herr Müller, als ich in die Schule kam, außer Lesen und Schreiben, aber ich war nicht einmal fähig, mich selber an- und auszuziehen,

vor und nach dem Sportunterricht wurden Mädchen aus höheren Klassen zu mir geschickt, die mich ausziehen und anziehen, mir die Knöpfe öffnen und schließen, die Schnürsenkel lösen und binden mußten, weil ich selbst es nicht konnte,

nicht, weil ich dumm war, Herr Müller, nur unpraktisch war ich,

und doch ist es der kinderhassenden Lehrerin gelungen, mich zum Idioten der Klasse zu machen, indem sie mir jeden Tag den Stift aus der linken Hand schlug und ihn in meine rechte stopfte und mich zwang, mit dem Schreiben noch einmal ganz von vorn anzufangen,

aber denken Sie nun nicht falsch von mir, denken Sie nicht, ich wollte mich darüber beschweren, nein, durchaus nicht, ich finde, man *muß* vom Leben Ohrfeigen verabreicht bekommen, damit man sich selbst findet, zu sich selbst kommt, anders geht es nicht,

und ich muß es als Glück bezeichnen, daß es meine Linkshändigkeit war, die mir die ersten beiden Schuljahre verdorben hat,

Gott sei Dank nämlich hat man als Linkshänder bis heute keine öffentliche Lobby, sonst wäre ich womöglich noch, wer weiß, der Versuchung erlegen, gegen die Unterdrückung der Linkshänder vorzugehen, hätte mich einer despotischen Vereinigung angeschlossen, die sich an dem vergreift, was ihr nicht gehört, der Sprache nämlich, und fordert, daß Ausdrücke wie »link«,

»linkisch« oder »zwei linke Hände haben« verboten werden,

wäre genau so ein unerträglicher Mensch geworden wie alle anderen, die sich als Kind diskriminiert fühlten und es als Erwachsene in die Welt hinausposaunen,

lieber habe ich mich nach fünfunddreißig Jahren Rechtshändigkeit kuriert und von einem Tag auf den anderen nur noch mit der linken Hand den Stift ergriffen, habe mir innerhalb eines Jahres wieder die Linkshändigkeit zurückerobert und bin froh darum, Herr Müller, so froh, daß es mir nichts ausmacht, wenn jemand, der mich schreiben sieht, mich anspricht, um mir zu sagen, es komme ihm wider die Natur vor, jemanden so schreiben zu sehen wie mich,

geblieben ist mir aus der Schulzeit, daß ich mich bis heute, wenn ich einen Raum betrete, in dem sich fremde Menschen aufhalten, wie ein Fünfjähriger fühle, der alle anderen um sich herum als größer, stärker und klüger wahrnimmt als sich selbst,

ich bin mir sicher, dieses Gefühl würde sich auch dann nicht ändern, wenn ich einen Raum beträte, den Sie eingerichtet haben, und auch das läßt mich daran zweifeln, daß Sie mich wirklich retten können mit Ihrer Kunst, zumal ich gar nicht weiß, ob ich dieses Gefühl wirklich loswerden will, es wird dafür sorgen, daß ich mich bis zu meiner letzten Lebensminute wie ein Kind fühlen werde, man muß nur mein Sterbebett in einen Raum mit fremden Menschen schieben,

und Sie können sich denken, Herr Müller, daß meine kindliche Hilflosigkeit noch größer ist, wenn ich einen jener Läden betrete, die mir die Grenzen meines schreibenden Schwarzweißdaseins vor Augen führen, die Läden, in denen Künstler ihre Einkaufsorgien feiern, um hernach, ins Atelier zurückgekehrt, im frisch erworbenen bunten Material zu schwelgen, sich die Welt zu verwandeln, den Raum mit Bildern, aber nicht nur mit Bildern zu füllen,

ich bin, Herr Müller, schon in unzähligen Künstlerateliers gewesen und habe gestaunt, wie Menschen mit Sinn für Ästhetik, Menschen, deren Sehsinn dem meinen überlegen ist, wie solche Menschen um sich herum das Gegenteil der ästhetischen Ordnung produzieren, die in ihren Bildern waltet, was mir die Frage nahelegt, ob ordentliche Menschen überhaupt malen können,

und deshalb muß ich mir, wann immer ich in einer Kunstausstellung bin, vorstellen, wie es im Atelier des Künstlers aussehen mag,

die schlimmsten Visionen überfallen mich beim Anblick von Collagen, deren jede, wie ich weiß, aus Stapeln von Büchern und Zeitschriften gewonnen wurde und einen Papierschnipselberg auf dem Fußboden hinterlassen hat, der erst dann seinen Weg in die Altpapiertonne findet, wenn der Künstler umzieht und das Atelier besenrein hinterlassen muß,

nur ein bibliophiler Mensch, der ich zum Glück nicht bin, wird beim Anblick von Collagen von noch schlimmeren Visionen heimgesucht und muß an die Bücher denken, die der Collagenkünstler geschlachtet und ausgeweidet hat, um sie skrupellos seiner Kunst zu opfern, und würde am liebsten den Collagenkünstler ebenso behandeln,

ich bin bei einigen Umzügen bildender Künstler dabeigewesen, und von allen Umzügen am besten im Gedächtnis geblieben ist mir der Umzug des genialen Zeichners und Fotografen Alfred Wahnschaffe, ein Künstler, der imstande ist, während er sich mit Ihnen beim Bier ins Gespräch vertieft, die Realität mit Blei- und Farbstiften in eine querformatige Miniatur zu verwandeln, ohne dagegen der praktischen Bewältigung der Realität gewachsen zu sein, die er mit prophetischer Sehergabe durchdringt, wie es nur ein wahrer Künstler kann,

ich bin mit ihm während der Fußballeuropameisterschaft in Hersbruck gewesen, wohin er mit mir gefahren ist, um seiner Kollektion von fränkischen, oberpfälzischen und böhmischen

Biergärten einen weiteren Biergarten hinzuzufügen, den mitten auf dem Marktplatz installierten Biergarten der *Metzgerei Kratzer* mittels Bleistift und Papier einzusammeln,

eine Bühne war aufgebaut, für Musikkapellen einerseits, für Fußballübertragungen andererseits, und die Biertische und -bänke waren allesamt entweder schwarz oder rot oder gelb überzogen, nur die Bierauswahl hatte dem Anlaß der Europameisterschaft nicht entsprochen, Schwarzbier und Rotbier vom *Schanzenbräu* in Gostenhof hätte sich die *Metzgerei Kratzer* besorgen sollen, damit man sich mit Schwarzbier, Rotbier und Hellem durch die deutschen Nationalfarben trinken kann, und ich erlebte an jenem Nachmittag zum ersten Mal, mit welcher Leichtigkeit sich Wahnschaffe gleichzeitig einem Gespräch, einem Bier und einer Zeichnung widmen kann,

fortwährend erfaßte sein Auge, während er mit mir sprach, die Umgebung, und seine rechte Hand führte in unglaublicher Geschwindigkeit und Genauigkeit die Befehle aus, die sie vom Auge empfing, man hätte an einen Pianisten denken können, der ein begnadeter Vom-Blatt-Spieler ist und die Noten in einem Kurzschluß zwischen Augen und Händen in Musik verwandelt,

wie eine Notenwelt kommt einem in Wahnschaffes erschaffender Gegenwart die Welt vor, die seine Hand neu interpretiert, als komponiere er die Welt nach, und man könnte darüber vergessen, daß ja in Wahrheit die Komposition das Vollkommene und Makellose ist, die Interpretation dagegen das Fehlerhafte, und jeder Komponist damit leben muß, daß sein Werk von übenden Anfängern verunstaltet wird,

an dieser Stelle, Herr Müller, muß ich Sie als erschaffenden Menschen fragen, was für ein Verhältnis Sie haben zur Erschaffung der Welt, ob Sie sich ebensosehr wie die Wissenschaftler dagegen sträuben, daß die Welt etwas Erschaffenes ist, oder ob Sie, gleich mir, Wissenschaftler für armselige Menschen halten, die zu nichts anderem fähig sind, als die Welt mit überflüssigen Erklärungen zu entzaubern und sie mit seelenerstickender Nüchternheit zu füllen,

für mich, Herr Müller, könnte sich die Sonne ebensogut um die Erde drehen, die Erde könnte von mir aus eine Scheibe sein, weil es mich in meinem Innersten nichts angeht,

was sind das für Menschen, die am Leben vorbeidenken und vorbeiforschen,

die sich dafür interessieren, ob sie ihr Ausgesetztsein an das Leben, ihr Ausgeliefertsein an sich selbst, ihre Lust und ihren Schmerz auf einer Kugel oder auf einer Scheibe erleben müssen,

oder dafür, in wieviel Milliarden Jahren die Sonne die Erde verschlingen wird, oder dafür, wie der Urknall zustande gekommen ist,

Wissenschaftler, denke ich mir oft, sind wie Menschen, die ein Gemälde untersuchen und versuchen, seinem Sinn auf die Spur zu kommen, indem sie die chemische Zusammensetzung der Farben, die Dicke des Farbauftrags, die Schwünge und Richtungen des Pinselstrichs analysieren und bei ihren Untersuchungen und Analysen nicht nur nicht berücksichtigen, sondern leugnen und wegdiskutieren, daß das Werk einen Schöpfer hat, so tun, als wäre das Werk durch einen Zufall oder Urknall entstanden, aber um Gottes willen nicht, niemals durch den Geist und die Hand eines erschaffenden Wesens, weil es ja zum Wesen der Wissenschaft gehört, alles zu leugnen, was sie nicht erfassen kann und was größer sein könnte als sie selbst, nur den Außerirdischen, die sie selbst erfunden haben, gestehen die Wissenschaftler zu, etwas Größeres zu sein als der Mensch, aber von Engeln wollen sie nichts wissen,

ich halte es für eine Wahrheit, Herr Müller, daß Gott den Menschen nach seinem Bilde schuf, ein oft mißbrauchter Satz, der zu merkwürdigen Gottesvorstellungen und -bildnissen führte und doch nur bedeutet, daß der Mensch ein ebenso erschaffenes wie erschaffendes Wesen ist, in jedem Kind steckt die ungebrochene Lust am

Erschaffen, jeder erwachsene Mensch, der sein Erwerbsleben damit hinbringt, Busse zu steuern, Waren über einen Kassenscanner zu ziehen, Betriebsabläufe zu optimieren, war einmal ein erschaffendes Kind, und deshalb sind heute alle im Herzen unglücklich, weil die Industrie sie nicht mehr erschaffen läßt und die Dienstleistung sie in Sklaven verwandelt,

gewiß, es ist anstrengend gewesen, das Leben eines Schmiedes zu führen, eines Steinmetzes, eines Küfers, aber es hat den erschaffenden Anteil im Menschen erfüllt, und wie sehr der Wunsch zu erschaffen seit Jahrzehnten unerfüllt bleibt und immer unerfüllbarer wird, sieht man daran, wie die Kunstakademien von Kunststudenten, von denen längst nicht jeder zur Kunst berufen ist, hoffnungslos überrannt werden,

an Alfred Wahnschaffe habe ich erlebt, daß nur derjenige zur Kunst berufen ist, der die Sehergabe hat und sie in sein Werk einfließen läßt,

während Wahnschaffe im Lauf des Nachmittags den Ausschnitt Welt vor seinem Auge neu erschuf, sagte er mir, ihm komme das gesamte Arrangement in *Kratzers Biergarten* in Hersbruck wie eine Aussegnungshalle vor, und er werde seiner Zeichnung den Charakter einer schwarz-rot-goldenen Aussegnungshalle verleihen,

wer an Magie glaubt, könnte denken, Wahnschaffe habe die Zwei-zu-eins-Niederlage gegen

Italien, die Deutschland eine Woche später durch Balotelli erleiden sollte, herbeigezeichnet, indem er *Kratzers Biergarten* in Hersbruck auf dem Papier in eine Aussegnungshalle verwandelte,

doch ich bin mir sicher, Wahnschaffe hat nur gesehen, was auf die deutsche Nationalmannschaft zukommen würde, und die vorgefundene Realität des *Kratzerschen Biergartens* mit seiner Vision beseelt,

nicht anders als ein Musiker die vorgefundene Realität der Noten mit seiner Vision beseelt,

und so geriet ihm Schwarz-Rot-Gold zur Trauerfarbe,

müssen Sie, Herr Müller, dabei nicht auch an Kokoschka denken, der, erst vierundzwanzigjährig, den Psychiater Auguste Forel porträtierte, so porträtierte, daß Forel erst zwei Jahre später, nachdem er einen Schlaganfall erlitten hatte, seinem Porträt glich,

und nur ein Narr würde behaupten, Forel habe sich so maßlos über das ihm unähnliche Porträt geärgert, daß er einen Schlaganfall bekommen *mußte,* Kokoschka mithin den Schlaganfall herbeigemalt hat,

wenn ich Herrn Wahnschaffe beim Zeichnen zusehe, muß ich oftmals auch darüber nachdenken, wie er die Welt sieht, ob er sie bereits in querformatigen Miniaturausschnitten vor sich sieht und ob sein Auge die Welt zusammenzieht, damit möglichst viel von ihr in sein präferiertes Format hineinpaßt,

egal aber, wie er die Welt sieht, sicher ist, daß er sie besser sieht, als ich sie sehe,

was ich höre, kann ich mir merken, aber was ich sehe, verflüchtigt sich wieder, sobald ich den Blick abwende,

am schlimmsten ist es mit Farben, Herr Müller, wenn ich mir merken will, in welchen Farben ein Raum gestaltet ist, so muß ich mir vorsagen, die Wände sind hellgrün, die Vorhänge bordeauxrot, und so fort, und diesen Satz merke ich mir dann, was keineswegs bedeuten soll, daß Sie mir als ideales Domizil eine Schwarzweißwelt unterjubeln können, es bedeutet nur, daß alle Frauen, die ich je berührt habe, mehr als Stimme denn als Gestalt in mir weiterleben,

um aber auf Wahnschaffes Umzug zurückzukommen, ich bin, als er mich eines Tages anrief, um mir zu sagen, daß sein Umzug ihm all seine Kräfte raube, sofort zu seinem Domizil in Schweinau gefahren, habe ihn dort aber nicht etwa Dinge sortierend, Dinge in Kartons packend vorgefunden, nein, die nötigen Kartons waren noch nicht einmal besorgt, wie auch,

denn so zielsicher Wahnschaffe den Bleistift über das Papier zu führen vermag, zielsicherer als ich, wenn ich schreibe, so wenig vermag er einen Kraftwagen oder auch nur ein Fahrrad zu steuern, schon gar nicht einem Ziel entgegen, und daher ihm die Kräfte allein dadurch geraubt wurden, daß er, so habe ich ihn angetroffen, reglos an seinem Arbeitstisch saß, reglos wie ein Kaninchen unter Drogen, dem jeder Gegenstand auf dem hoffnungslos überfüllten Tisch zu einer Schlange wurde,

es war mit einem Blick zu erfassen, daß Wahnschaffe den Zeitpunkt seines Umzugs weiter als bis zum Äußersten hinausgeschoben hatte, weil der Tisch, größer als ein Tapeziertisch zwar, keine Kapazitäten mehr besaß, weitere Gegenstände aufzunehmen,

über Jahre hinweg hatte sich Wahnschaffe die zum Zeichnen nötige Fläche stets und nur dadurch erobert, daß er alles, was auf dem Tisch lag, beiseitegeschoben hatte, und gerade Ihnen als Einrichtungskünstler, Herr Müller, wird augenblicklich einleuchten, daß eine Arbeitsfläche, die man sich durch Beiseiteschieben erobert, im Lauf der Jahre unweigerlich immer kleiner werden muß, daß sämtliche auf dem Tisch liegenden Gegenstände zu einem wuchernden Dschungel werden, gegen den sich der Blei- oder Farbstift leider nicht in eine schneisenschlagende Machete verwandelt, im Gegenteil, Wahnschaffes Blei- und Farbstifte gehörten ja zu eben den Werkzeugen, die den Dschungel noch weiter wuchern ließen, bis er über den Tisch hinauswuchs und die gesamte Wohnung eroberte,

und so hat es mich angesichts der Arbeitsfläche nicht überrascht, daß Wahnschaffes Kunst sich in einer vollkommenen Einheit des Schaffens und Lebens im Lauf der Zeit zum Miniaturquerformat entwickelt hat,

durch den überfüllten Arbeitstisch hat Wahnschaffe zu seiner Form gefunden, in der er die Welt auf Papier verdichtet, wie es kaum einem anderen gelingt, und die Einheit von Leben und Schaffen durchdringt ihn bis in die unscheinbarsten Details,

ich bin mit ihm beim *Fuchsbeck* in Sulzbach-Rosenberg gewesen, ein Gasthaus, auf dessen Speisekarte das Wort *Bratwurst* so oft erscheint wie auf keiner anderen Speisekarte, die mir in meinem Leben gereicht wurde, und habe ihm zugesehen, wie er, bis unsere Bratwürste serviert wurden, das hölzerne Tor abzeichnete, das den kleinen Biergarten mit seinen acht Tischen von der Straße abschließt, wie er mit schnurgeraden Linien in exakt gleichen Abständen die Bretter abzeichnete, aus denen das Tor gezimmert ist,

dann, als die Bratwürste serviert wurden, konnte ich beobachten, wie Wahnschaffe Bratwurst für Bratwurst in exakt gleich große

Scheiben schnitt, ehe er sich anschickte, sie zu verzehren,

die tragischen Begleitumstände seines Schaffens jedoch haben sich mir erst dann erschlossen, als beim Ausräumen des Schlafzimmers die angebrochenen Erdnußflipstüten zutage traten, die sich unterhalb der Bettstatt, daneben oder direkt darinnen angesammelt hatten und Zeugnis ablegten von Wahnschaffes Hingabe an die Kunst, der selbst seine Küche zum Opfer fiel, deren Benutzung er aufgab, als er der Stapel von benutzten Tellern, Töpfen und Pfannen nicht mehr Herr wurde und sich fortan auf dem Nachtlager von Erdnußflips ernährte, was natürlich einen Verzicht auf genau das mit sich bringt, worum ich bildende Künstler beneide, weil ich nicht nur Wohnungsflüchter, sondern auch Frauenflüchter bin, um mein Herz zu retten, oder das, was von meinem Herzen noch übrig ist,

ich bin mir sicher, Herr Müller, es gibt nur wenige außer mir, die ein so großes Talent besitzen, sich unglücklich zu verlieben und sich das Herz brechen zu lassen,

verliebt bin ich immer im Frühjahr, und meine Niederlage trage ich stets davon, wenn der Herbst einzieht und sich von seiner schmutziggrauen Seite zeigt, was die Sache nicht einfacher macht, so sehr ich im Frühjahr von Aufbruchstimmung ergriffen bin, so sehr erschüttert mich im Herbst die Tatsache, daß meine Herzdame sich nicht nur ein klein wenig, wie in mich, sondern richtig verliebt, in einen anderen,

mir fehlen die Worte, Ihnen zu sagen, wie sehr mich dann das Herbstlaub peinigt, das raschelnde Herbstlaub auf meinen Spaziergängen, auch auf meinen Spaziergängen durch die Wohnung, weil ich es säckeweise einsammle, mit nach Hause nehme und auf dem Fußboden verteile, damit es mir bei jedem Schritt raschelnd einflüstert, daß alles so kommen mußte, wie es kam,

daß der Zyklus meines Verliebens und Entliebens unwiderruflich an den Gang der Jahreszeiten gefesselt bleibt und ich lebenslänglich dazu verurteilt bin, am Ende einer Liebe in den Tunnel des bevorstehenden Winters zu blicken und weiter in ein Frühjahr, in dem ich noch nicht gesund genug sein werde, um an einer neuen Liebe zu erkranken,

wie oft schon habe ich mir, wenn ich vernichtet am Boden lag, geschworen, mein unseliges Verlieben, denn ich verliebe mich ja wahrhaftig in meinen eigenen Untergang hinein, bleiben zu lassen, ebenso erfolglos allerdings, wie ich mir nach durchsoffenen Nächten schwor, nie wieder Alkohol anzurühren, alle paar Jahre schickt mir eine höhere Macht eine Frau entgegen, die mich so stark an sich zieht, daß ich jeden Schritt, den sie zu mir geht, gegen meine Angst erwidern muß, ich bin kein Mann, der loszieht, Frauen kennenzulernen, weil ich weiß, daß sie von selbst kommen, wenn die Zeit dafür reif ist, und weil das Problem, eine Frau aus meinem Herzen zu entlassen, für mich ein viel größeres ist, als eine Frau kennenzulernen,

wenn mir meine Geliebte nämlich wie eine Traumgestalt wieder entschwindet, muß ich mir stets eingestehen, daß ich für das Leben mit einer Frau, den Alltag mit einer Frau noch untauglicher geworden bin, als ich es zuvor schon war,

zuletzt kam die wundervolle Goldhaarige, eine Frau aus Feuer und Wasser, die sich tief in mich einbrannte und alles auslöschte, was vorher war,

die mein Herz entflammte und mich hinab zum Grund ihres Meeres nahm, wo sie mich neu gebar,

und der ich schon nach dem ersten Kuß, den sie mir gab, mit Haut und Haar verfallen war, wohl, weil ich auch ihre Haut und ihr Haar so sehr liebte,

ich kann die Magie, die uns zusammenführte, nicht vergessen, Herr Müller, und weiß sehr wohl, daß ich vergessen sollte, um mein Herz aus seinen Verstrickungen zu befreien,

durch das Walten der Magie bekam ich das Gefühl, mit der großen Liebe meines Lebens zusammengeführt zu werden, ohne in dem Rausch, in den ich mich stürzte, wahrhaben zu können, geschweige denn zu wollen, daß die große Liebe eines Lebens niemals eine erfüllte und glückliche, stets eine sogenannte unglückliche und unerfüllte ist,

wir begegneten einander mehrere Male in jenen verheißungsvollen Frühlingstagen, auf Wegen, die wir, wie wir später einander bekannten, sonst nicht gehen, bis sie mir eine Botschaft sandte mit dem Wunsch, den sogenannten Zufall in Absicht zu verwandeln,

ich muß noch heute daran denken, wie süß es war, ihr an einem duftenden Maiabend zum ersten Mal ins Haar zu flüstern, daß ich sie liebe, und daß ich jedes Mal, wenn wir miteinander geschlafen hatten, noch lang ihre Haut mit Küssen bedeckte und dabei ihren Geruch in mich einsog,

ich liebte auch ihre Füße so sehr, so überraschend kleine, zierliche Füße für ein so blühendes, sprießendes Weib, und konnte nicht anders, als mit meiner Zunge ihre Fußsohlen und jede ihrer Zehen zu liebkosen, als wir im Juli in Černice im Bierbad lagen, aber schon im September, als wir ein Wochenende in Domažlice verbrachten, fühlte ich sie mir davonschwimmen, und als hätte ich es vorausgeahnt, hatte ich uns ein Quartier in der Vodní ulice gebucht, der Wasserstraße,

als wir die Vodní ulice entlanggingen, in der jedes zweite Haus mit einer Nixe oder einem Wassermann verziert ist und ein Lokal *U Meluziny*, »Zur Melusine« heißt,

und in der, Sie werden es mir nicht glauben, Herr Müller, aber es ist die Wahrheit, eine Hausfassade die Skulptur einer Nixe trug, die ein nacktes Paar in sich barg, von dessen männlichem Teil jemand das männlichste Teil abgebrochen hatte, so daß sich zwischen den Beinen des Mannes eine rot klaffende Wunde befand,

überrollte mich im Angesicht des Bildes wie eine schwarze Flutwelle aus meinem Innersten das Begreifen, daß mir ein schmerzvoller Abschied bevorstünde, daß ich sie nicht nur verlieren würde, sondern sie niemals wirklich gehabt, sie mich tiefer in der Seele berührt hatte als ich sie,

sie mich mit ihrem ganzen Sein, ich sie nur mit meinen Worten, die sie gesucht und durchdrungen hatte wie noch niemand vor ihr,

und mein Fließen zu ihr erstarrte,

im Mai, der sich für mich noch im Spätherbst wie ein Gestern anfühlte, hatte ich bis in meine nächtlichen Träume vom Geruch zwischen ihren Beinen phantasiert, im Sommer hatte ich ihn geschmeckt, und nun zerbrach im nahenden Herbst derjenige, der phantasiert und geschmeckt hatte,

ich mußte an den jungen Mann denken, der sich mir Jahre vorher, bei meinem ersten Besuch in Domažlice, eingeprägt hatte, ein junger Mann, der an mir vorbeigerannt war und dem, als er sich schluchzend in einem Durchgang zwischen dem Náměstí míru und der Vodní ulice, gleich beim Stadttor, hinkauerte, deutlich anzumerken war, daß er an gebrochenem Herzen litt,

wie konnte ich nur auf die Idee kommen, mit ihr an einen Ort zu reisen, an dem sich mir ein solches Bild eingeprägt hatte und an dem sich mir nun noch weitere bedrängende Bilder einprägten, mögen Sie auch zu Recht einwenden, Herr Müller, daß ein anderer Ort am Lauf meines Verliebens nichts geändert hätte,

können Sie verstehen, wie die Angst mich quält, diese Bilder niemals wieder loszuwerden, wie mich der Gedanke martert, daß meine Liebe zur katzengesichtigen Goldhaarigen das letzte Aufbäumen vor der Vergreisung gewesen sein könnte,

wie ein schüchterner Schulbub hatte ich mich in sie verliebt, während mir jeden Morgen, ich sah es wohl, ein Mann aus dem Badezimmerspiegel entgegenblickte, der sich unaufhaltsam dem letzten Lebensstadium nähert und in dessen Gesicht ihm geschrieben steht, wie verhaßt und ekelhaft einem der eigene alternde Leib werden kann,

dennoch, wie ich mich kenne, werde ich mich noch als Greis ein letztes Mal unglücklich verlieben, auch wenn ich von der Magie zwischen der Goldhaarigen und mir das Gefühl davontrug, für den Rest meines Lebens entliebt zu sein, weil eine künftige Begegnung ohne Magie mich nicht mehr locken kann, hingegen eine Begegnung voll Magie, die von lauerndem Schicksal kündet, mich zum ersten Mal im Leben mehr ängstigen als locken würde,

niemals aber mich so verlieben wie dieses Literaturungeheuer Goethe, der Marienbad noch als Toter in den Klauen seiner Altersgeilheit hält und wie eine Krake besetzt,

Goethe, der alles, was er empfunden hat, zu etwas Erhabenem machte, nur weil er es empfunden hat,

hätte Goethe die Empfindungen geschildert, die er hatte, als er alten Damen die Handtaschen raubte, um sich von dem Geld von einem Ihrer Vorfahren die Wohnung neu einrichten zu lassen, so hätte dieser Erhabenheitsheuchler auch daraus noch etwas Erhabenes konstruiert,

Goethe, der sogar die Selbstverliebtheit besaß, von seinem eigenen Horoskop hingerissen zu sein,

aber damals wußte man vom Planeten Pluto noch nichts, der bei ihm als Herrscher des Aszendenten im ersten Haus steht und die Wuchtigkeit eines Egos repräsentiert, neben dem kein Gras wachsen konnte,

niemals käme mir in den Sinn, mein eigenes Horoskop zu lobpreisen,

denn es steht darin der Mond im elften Haus als Herrscher des Aszendenten im Spiegelpunkt zu Saturn im neunten, was mir sagt, daß ich von Herzensriß zu Herzensriß reisen muß, es treffen sich darin Uranus und Pluto im dritten Haus, was mir sagt, daß ich von Enttäuschung zu Enttäuschung reisen muß, und im fünften Haus stehen Sonne und Neptun beisammen, was mir sagt, daß stets mein Konkurrent der Sieger ist,

und niemals werde ich einen Text von so verlogener Schöngeistigkeitswehmut hervorbringen, wie es die *Marienbader Elegie* ist, niemals wird mir ein Text aufs Papier kommen, der es jedem lüsternen Greis erlaubt, sich erhaben zu fühlen, denn ich halte meine fehlgeleitete Verliebtheit nicht für etwas Erhabenes, nur weil ich sie habe,

nach dem Wochenende in Domažlice, an dem meine Undine mir offenbarte, daß sie sich neu verliebt hat, war mir, als ginge eine Eiterblase in meiner Seele auf,

hilflos mußte ich mir in den Nächten danach zusehen und zuhören, wie ich mich wie ein Fünfjähriger benahm, der von seiner Mutter verlassen wurde,

wie ich bis in den Winter hinein Nacht für Nacht den Namen der Goldhaarigen ins Kopfkissen weinte, als wäre er eine magische Formel, mit der ich sie zu mir zurückholen könnte,

wie ich Tränen vergoß, als wollte ich mich in ihnen ertränken, und mich fragte, wie ich nur mein unglückliches Verlieben bis zum Lebensende aushalten, wie ich überhaupt einen Menschen wie mich noch weiter ertragen soll,

eines Septembermorgens erwachte ich gegen vier Uhr in meiner Badewanne, im erkalteten Wasser, und bis heute ist mir unerklärlich, wie es dazu kam, daß ich mich nachts in der Badewanne wiederfand, bis heute weiß ich nicht, ob mein betrunkenes Unterbewußtsein mich ertränken oder nur meinen Schmerz auslöschen wollte,

das einzige, was ich noch weiß, ist, daß ich mich am Abend in der *Hospoda Kaiserburg* mit Bier und Becherovka über das leise Davonschwimmen meiner Undine hinweggetröstet hatte, auch an meinen Heimweg kann ich mich noch erinnern, aber vom Danach weiß ich nichts mehr, und ich verbrachte den ganzen folgenden Tag in völliger Verstörung,

das bedeutet, Herr Müller, wenn es soweit käme, daß Sie mir mein ideales Domizil erschaffen, obwohl es soweit nicht kommen wird, dann dürfte im Badezimmer unter gar keinen Umständen eine Badewanne sein, damit ich mich nicht eines Nachts versehentlich ertränke, weil ich ja mein Leben, das mir mehr versagt als erfüllt, trotz allem liebe und weiterleben will, da ich ja niemals vom Leben satt werde, stets hungrig nach ihm bleibe, und auch, weil ich weiß, wie ruhelos die Seele ist, wenn sie mit einem unvollendeten Leben in den Tod geht,

als ich noch keine fünf Jahre alt war, lebte ich in ständiger Furcht vor dem Badezimmer der Wohnung, in der ich aufwuchs,

daß es ein fensterloser Raum war, der Tag und Nacht im Dunkeln lag, war nicht der eigentliche Grund,

ich konnte fühlen, daß der Raum bewohnt war, daß darin ein Wesen hauste, von dem ich auch am Tag Angst hatte, es würde nach mir greifen, wenn ich an der Badezimmertür vorbeiging, weil dieses Wesen in manchen Nächten wirklich nach mir griff, und ich konnte an jener Tür nie vorbeigehen, mußte immer an ihr vorbeirennen,

es gab Nächte, in denen ich davon erwachte, daß ich hoch oben an der Decke durch die Wohnung schwebte, an der Hand genommen und gezogen von diesem unaufhörlich wispernden Wesen, das mir wie dunkler Schaum erschien und seine Gestalt fortwährend wandelte wie Wolken am Himmel,

durch die ganze Wohnung schwebten wir, ich konnte meine schlafenden Eltern sehen,

und wenn ich mich selbst schlafend in meinem Bett liegen sah, packte mich Entsetzen,

einmal erwachte ich an einem späten Abend auf dem Wohnzimmersofa, allein in der Wohnung, meine Eltern waren ausgegangen, und mitten im Zimmer erschien eine Frauengestalt, farbig schimmernd, durch die ich hindurchsehen konnte,

noch als Erwachsener dachte ich, ich wäre als Kind vielleicht nicht ganz normal gewesen,

bis ich die Geschichte eines Tages meiner Mutter erzählte und von ihr erfuhr, die Vormieterin habe sich mit dem Gasofen im Badezimmer in die Luft gesprengt,

seither weiß ich, daß man sein Leben bis zum letzten Tropfen austrinken, das schmerzvolle Kennenlernen seiner selbst zu Ende führen muß, um Ruhe zu finden, wenngleich ich mir schon lang vor meinem Lebensende zum ersten Mal gedacht habe, daß ich mich so gut auch wieder nicht kennenlernen wollte, und darüber nachdachte, ob ich mir das weitere Kennenlernen meiner selbst nicht besser ersparen sollte, trotz meines, wie Sie jetzt verstehen werden, von Kindheit an traumatischen Verhältnisses zu Badezimmern hätte ich allerdings nach dem Wochenende in Černice einen ganz anderen Wunsch an Sie geäußert, hätte mir unter dem Eindruck des Bierbades mit meiner Geliebten für mein Traumdomizil einen hölzernen Badezuber für zwei gewünscht, daneben auf einem Podest ein Fäßchen Bier, aus dem man sich während des Badevergnügens versorgen kann,

nur an meinem Wunsch nach einer Hausbar hat sich nichts geändert,

so sehr ich Angst habe vorm Ertrinken, so gering ist meine Angst davor, daß irgendeines der Getränke, die ich mit Vorliebe konsumiere, mir schaden könnte, weil ich mir schon mein Leben lang die Gesundheit meines Leibes mit den Krankheiten meiner Seele erhalte,

sollten aber Sie, Herr Müller, sich um meine Gesundheit sorgen, so sorgen Sie einfach dafür, daß die von Ihnen gestaltete Hausbar begrenzte Öffnungszeiten hat,

natürlich sage ich es gerade Ihnen sehr ungern, daß mein Wunschbadezimmer keine Badewanne haben darf, weil ich ja weiß, daß Sie ein Spezialist für Badezimmer sind, daß Sie Badezimmer mit besonderer Leidenschaft entwerfen,

und mögen Sie es auch leugnen, ich bin mir sicher, daß Sie es waren, der dem wahnsinnigen

Luxusbischof für einen Millionenbetrag das Badezimmer gestaltet und den Skandal ausgelöst hat,

daß ein Millionenbetrag zustande kam, ist sicherlich der Dyskalkulie zuzuschreiben, zu der sich Ihre Assistentin Frau Rehbeck freimütig bekennt, und nicht etwa dem Umstand, daß die von Ihnen installierte Badewasserweihautomatik so teuer gewesen wäre,

schon oft sei es ihr passiert, sagte sie mir, daß eine Rechnung im Endbetrag ein verrutschtes Komma, einige Nullen zuviel oder zuwenig aufgewiesen habe,

und das könnte in mir die Hoffnung wecken, mein Wunschdomizil von Ihnen für zwei Euro fünfzig statt für zweihundertfünfzigtausend zu bekommen, andererseits könnte es mir natürlich passieren, fünfundzwanzig Millionen bezahlen zu müssen, doch es ist nicht die Angst vor dem Pokerspiel, die mich davon abhält, Ihr Kunde zu werden, sondern die Angst, nicht nur Sie, sondern Ihre ganze vierköpfige Firma zu überfordern mit den Ansprüchen an den Ort, den Sie mir erschaffen müßten, damit ich schreiben kann,

gewiß, Herr Müller, wundern Sie sich schon eine ganze Weile darüber, daß Sie meinem Fluß keinen Einhalt gebieten können, aber wem außer Ihnen kann ich all das erzählen, wem außer einem Menschen, der es sich zum Beruf gemacht hat, seine Kunden bis in den letzten Seelenwinkel kennenzulernen und zu verstehen, um der Erfüller ihrer Wohnträume sein zu können, Wohndesigner nennen Sie sich, während ich Sie als Wohntherapeuten sehe und mich als unheilbar kranken Wohnpatienten, der nicht wohnen kann,

es liegt nicht an meinen Eltern und Großeltern, obwohl auch die nicht wohnen konnten,

meine Mutter verwandelte jeden Raum, den sie bewohnte, in eine Bibliothek,

mein Vater verwandelte jeden Raum, den er bewohnte, in eine Höhle, die Werkstatt, Büro, Schlafzimmer, Bad und Küche in einem war,

meine Großmutter väterlicherseits bewohnte ihr Haus nur mit ihrem Leib, ihre Seele wohnte noch immer im Friesetal in Mähren, das sie verlassen mußte,

mein Großvater väterlicherseits bewohnte Ställe und Geräteschuppen, weil meine Großmutter ihn nicht mehr ins Haus ließ,

meiner Großmutter mütterlicherseits diente ihre Wohnung nur als Putzobjekt,

so daß auch mein Großvater mütterlicherseits nicht wohnen konnte, weil ja jeder noch so minimale Akt des Wohnens unweigerlich die perfekte Sauberkeit und Ordnung gestört hätte,

schlimmster Auswuchs ihrer Wohnkrankheit war der Fernsehsessel, von dem niemals die schützende Plastikhülle, in der er bei der Anlieferung steckte, abgenommen wurde, auf daß er niemals Abnutzungsspuren aufweise,

daß aber ich nicht wohnen kann, liegt daran, daß ich in mir selbst keine Heimat finde und deshalb nur allzuleicht der Verlockung erliege, mich in die Seele einer Undine zu stürzen,

kennen Sie diese Art von Frauen, in die man sich hineinwerfen möchte wie in ein Meer, in denen man aufgehen, vergehen, untergehen möchte, die einen Mann dazu treiben, seine Seele an sie zu verströmen, wie Schubert es tat, der seine schmerzensreiche Musik, wie er sagte, *nur für sie* geschrieben habe, die Tochter des Hauses Esterhazy, Gräfin Caroline, in die er bis an sein Lebensende so unglücklich verliebt war,

in Wahrheit hat er auch für sich komponiert, hat verzweifelt versucht, sich seine unglückliche Verliebtheit wegzukomponieren, was natürlich ebenso unmöglich ist, wie sie sich wegzuschreiben,

wenn ich an Schubert denke, wird mir unheimlich, Herr Müller,

sein Vater stammte aus demselben Dörfchen im mährischen Altvatergebirge wie meine Urgroßmutter väterlicherseits,

seine Großmutter und meine Ur-Ur-Urgroßmutter waren Schwestern, als Schubert sich in Gräfin Caroline verliebte, war er achtundzwanzig und sie neunzehn, er hauste in einer Dienstbotenkammer, und sie lebte in feudalen Gemächern,

er gab ihr Unterricht, und sie spielten vierhändig Klavier,

als ich meine erste unglückliche Liebe erlebte, war ich achtundzwanzig und das Mädchen neunzehn, ich hauste in einer Dienstbotenkammer, sie war Unternehmerstochter und lebte in einer luxuriösen Villa,

und die gesamte unglückliche Liebe war vom Frühjahr bis in den Herbst hinein begleitet von Schuberts Musik, der ich zum ersten Mal im Leben begegnete, die sie sang, die wir vierhändig auf dem Klavier spielten,

bis heute verstört mich diese Parallelität, von der ich noch nichts wußte, als ich all dies erlebte,

ebensowenig wußte ich damals, daß auch bei Schubert der Mond als Herrscher des Aszendenten mit Saturn verbunden ist, was ihm sagt, daß er von Herzensriß zu Herzensriß reisen muß, auch bei ihm Uranus und Pluto verbunden sind, was ihm sagt, daß er von Enttäuschung zu Enttäuschung reisen muß, auch bei ihm Sonne und Neptun verbunden sind, was ihm sagt, daß stets sein Konkurrent die Frau gewinnt, nicht er,

müßig hinzuzufügen, daß auch Schubert nicht wohnen konnte, sondern von Freund zu

Freund, von Dienstbotenkammer zu Dienstbotenkammer zog,

in meinem Zustand der Verstörung an jenem Tag, an dem ich frühmorgens im kalten Wasser erwacht war, fragte ich mich, welcher Mann einer Undine gewachsen ist, welcher Mann mit einer Undine sein Glück findet und mit welchem eine Undine ihres, es muß ein ganz anderer Mann sein, als ich es bin,

nicht so einer wie ich, in dem die Goldhaarige mit ihrer Urweiblichkeit einen so spaltenden Eindruck hinterließ, daß ich sie zugleich vergewaltigen und mich vor ihr niederwerfen wollte, um ihre Füße zu küssen,

ja, ihre Weiblichkeit ist wunderschön, weder ist sie eine von der Sorte, die sich zur Schau stellt, noch eine, die sich verbirgt,

um so mehr quält mich die Frage, was für ein Mann es ist, der nach mir kam, was für ein Mann es ist, den die Goldhaarige lieben kann, was für ein Mann es ist, der diese Offenbarung an Weiblichkeit lieben darf, ohne Schaden zu nehmen, ein unheilbar Herzenskranker wie ich kann es nicht sein,

es kann nur einer sein, der die Kraft und Fähigkeit hat, sie zu sich selbst zu bringen,

wenn Sie wüßten, was für eine wahnhafte Eifersucht ich in mir wachrufen kann auf den Mann, dem die Goldhaarige ihre Liebe schenkt, auf den

Mann, dem das Schicksal erlaubt, sich glücklich in sie zu verlieben, während ich ruhelos meine Wohnung durchwandere und denken muß, daß meine Gedanken keine anderen wären, wenn meine Wohnung die von Ihnen gestaltete Traumwohnung wäre, daß sie in der von Ihnen gestalteten Traumwohnung womöglich noch schlimmer wären,

denken Sie nur an den Märchenkönig, Herr Müller, der sich ein vermeintlich ideales Domizil nach dem anderen bauen ließ, was nichts daran änderte, daß er einsam und unglücklich war, ihn vielmehr nur noch einsamer und unglücklicher machte,

oder denken Sie an den Sonnenkönig, Herr Müller,

selbst wenn Sie es gewesen wären, der ihm Schloß Versailles eingerichtet hätte, so hätte Ihre Kunst doch nichts daran geändert, daß sich inmitten von Prunk und Pracht, hinter der Fassade des glanzvollen Königdaseins, ein Leben in Qual und Schmerzen abspielte, weil die drei königlichen Leibärzte, auf deren Rat er mehr hörte, als er auf den Ihren gehört hätte, perfekt die Rolle von Folterknechten erfüllten,

so daß ich mich frage, ob nicht das Glück, in einem Schloß zu residieren, durch Unglück aufgewogen werden muß, damit die Balance des Lebens ausgeglichen ist, das Lebensschiff weder zur einen noch zur anderen Seite kippt, doch frage ich mich auch, ob es wirklich dafür steht, für ein Schloß wie Versailles mit Höllenqualen zu bezahlen, wie der Sonnenkönig sie erlitt, dem einer seiner Leibärzte einredete, er müsse ihm sämtliche Zähne ziehen, solange sie noch gesund seien, da sie zu gefährlichen Infektionsherden werden könnten, ohne daß er indes auch nur annähernd so sehr Spezialist im Zähneziehen gewesen wäre, wie Sie Spezialist für Einrichtungsfragen sind,

denn beim Ziehen der unteren Zähne zerbrach er dem König den Unterkiefer, beim Ziehen der oberen Zähne riß er ihm den Gaumen heraus und brannte danach das Loch in der Mundhöhle, um es zu desinfizieren, mehrere Male mit einem glühenden Eisenstab aus,

und damit, Herr Müller, habe ich Ihnen nur einen kleinen Teil von dem erzählt, was die Leibärzte mit dem Sonnenkönig anrichteten, nur den Teil, von dem die französische Sprache noch heute Zeugnis ablegt, die das gaumenlose, in der Kehle gegurgelte »r«, das erst der Hofstaat, dann jeder Bürger dem König nachmachte, an Stelle des gerollten »r« treten ließ,

finden Sie es nicht auch kurios, daß ausgerechnet ein Volk, das sich rühmt, Gaumenfreuden zu zelebrieren wie kein anderes, seine Sprache so spricht, als habe dort kein Mensch einen Gaumen?, und so durchwandere ich meine Wohnung und frage mich bisweilen, ob sich meine Pein nicht noch vergrößern würde, wenn es sich um die von Ihnen gestaltete Traumwohnung handelte,

dabei bin ich meiner verflossenen Geliebten nicht gram in meinem Herzen,

sie ist niemals unehrlich zu mir gewesen, ich habe nicht nur auf Papier alle Worte aufbewahrt, die sie mir schrieb, *es ist Lust, keine Liebe,* schrieb sie mir, *bitte schenk mir nicht dein Herz, es wäre bei mir in falschen Händen,* beschwor sie mich,

daß gerade solche Worte mich nur noch mehr dazu treiben, mein Herz zu verschenken und ihr zu Füßen zu legen, konnte sie nicht wissen,

daß ich mir in und nach den magischen erotischen Momenten, die ich mit ihr erlebte, vergeblich ersehnte, die Magie, von der ich spürte, daß auch sie sie spürte, könnte stark genug sein, Funken der Liebe aus ihrer Lust zu schlagen, ist meine eigene Schuld,

und wie jedes Mal trifft mich der Schmerz in meiner männlichen Substanz und gräbt sich durch die Wucht des Bildes der entmannten Skulptur in der Vodní ulice in Domažlice tiefer ein als je zuvor,

ich darf mir nichts vorstellen, sage ich mir, und kann mich trotzdem nicht daran hindern, mich Vorstellungsbildern hinzugeben, anstatt im und für den Augenblick zu leben, mich von dem leiten zu lassen, was ich wahrnehme und erlebe, ruiniere ich mich durch meine eigenen Vorstellungen, die alle Lust in Schmerz verwandeln,

wie unter einem vernichtenden Zwang muß ich mir vorstellen, wie ein anderer der goldhaarigen Nachtkatze, die mir zu kurz gehörte, dieselben drei Zauberworte sagt, die ich ihr ins Haar flüsterte und die ich niemals mehr auszusprechen vermag, weil sie sich, jetzt weiß ich es, ihr und mir zum Fluch sich wandeln, fallen sie aus meinem Munde,

wie sie einem anderen sein Begehren erfüllt, wie sie einem anderen seine Liebe erwidert, wie ein anderer sie genießen darf, wie ein anderer ihr Genuß verschafft und dabei den Duft der am goldensten behaarten Stelle ihres Leibes schmeckt, obwohl ich ja gar nicht wissen kann, ob die beiden, die ich mir in einem fortwährenden Glückstaumel ausmale, nicht schon längst wieder unglücklich geworden sind aneinander, nirgendwo auf der Welt gibt es ja chronisches Glück,

dennoch betreibe ich diese Selbstzerstörung, von der ich mir einrede, daß ich sie zum Selbstschutz praktiziere, so lange, bis ich auf Jahre, bis zur nächsten Wiedererweckung, erotisch kalt und tot bin, peinige mich an jedem verregneten Sonntagmorgen, an dem ich meine Wohnung nicht fliehen kann, mit Visionen von einem verliebten Erwachen, das nicht ich mit ihr habe, einem erotischen Vormittag, den ein anderer mit ihr hat, und einem Frühstück im Bett, das ich nur alleine haben kann,

imaginiere mir, wie glücklich mein Leben wäre, wenn ich sie lieben dürfte, sie mich lieben könnte, hätte lieben können, ich mich an ihr und sie sich an mir und wir uns aneinander hätten sattlieben können, anstatt daß ich vorzeitig von ihr lassen muß,

und taumele in einen gelinden Wahnsinn bei dem Gedanken, daß dieselbe Frau zur selben Zeit eines anderen Mannes Begehren weckt und erfüllt und meines für Jahre auslöscht,

wie all die Male zuvor ist es, als würde ich mich in einen Knaben zurückverwandeln, der noch niemals von der Lust gekostet hat und nicht die mindeste Vorstellung von den Spielen besitzt, die Erwachsene miteinander spielen,

als würde ich vor dem Schmerz in den Knaben zurückfliehen, der ich war, dem die unwillkürlichen Reaktionen eines Mannes auf Frauen fremd sind,

keinesfalls aber darf Ihnen in den Sinn kommen, Sie würden meine Pein mildern oder mindern, indem Sie mir ein knabengerechtes

Spielzimmer einrichteten, mit einer Modelleisenbahn womöglich oder mit Lego-Baukästen, nein, Sie würden sie nur vergrößern, da Spielwelten immer Modellwelten sind,

im Falle einer Modelleisenbahn müßte ich an die H0-Anlage von Herrn Šimáčka in Domažlice denken, auf der sich ein Badesee befindet, an dessen Ufern sich nackte Modellmenschenpaare im Maßstab eins zu siebenundachtzig aneinander erfreuen,

auf der eine nackte goldhaarige Schönheit vor einer Linde posiert, um von einem Maler in freier Natur porträtiert zu werden,

beide Szenerien im Blickfeld der Modellreisenden auf der eingleisigen Nebenbahnstrecke, die zwischen den Nudisten und dem Maler und seinem Aktmodell verläuft,

ich müßte bei der Erinnerung daran über den Unterschied zwischen Modell und Muse nachdenken, würde unweigerlich bildende Künstler darum beneiden, daß sie greifbare Modelle haben, während ich nur entschwindende Musen haben kann,

und glauben Sie nicht, Herr Müller, Sie würden mir etwas Gutes tun, wenn Sie mir ein Spielzimmer mit Playmobilfiguren einrichteten, weil Sie womöglich denken, eine Modellwelt, in der es keine unglücklichen Schriftsteller gibt, könnte mich glücklich machen, eine Modellwelt, in der

Schriftstellern ein frohes Lächeln ins Gesicht gezaubert wäre, könnte mich aufmuntern,

nein, so ist es nicht, ich weiß nur allzu gut, daß es in einer glücklichen Playmobilwelt keine Schriftsteller gäbe, weil sie ja gar nichts hätten, worüber sie schreiben könnten,

ich würde mich angesichts einer Playmobilspielwelt an meine Großmutter väterlicherseits erinnern, die bei den Zeugen Jehovas war und mir, als ich klein war, vom kommenden, ewig währenden irdischen Paradies erzählte, in dem alle Menschen immerfort glücklich sind, ein wahrhaftes Religionsdisneyland, finden Sie nicht auch, Herr Müller,

und schließlich kämen mir männliche Playmobilfiguren vor wie grausame Plastikkarikaturen meiner selbst, so reglos und sehnsuchtsvoll, wie sie den Playmobilweibchen gegenüberstehen, wohl wissend, daß auch als Helden sie ihre Herzchen niemals werden erobern können, weder als Pirat noch als Astronaut, und wenn sie ihnen Goldschätze und Silbersterne von ihren Reisen mitbrächten und sie besängen mit den *Amores* von Ovid,

als Chor in nachtblauem Sehnen,

als Chor in nackter Verzweiflung des Herzens,

als Chor in namenlosem Schmerz, der zu Lächeln gefror, *mich soll, die jüngst mich erobert, auch lieben, oder sie sorge, daß ich stets sie zu lieben vermag,*

verwunschene Gestalten, die ihre Verwunschenheit niemals loswerden, gleich den Modellfiguren auf der Modellbahnanlage von Herrn Šimáčka,

wo der Feuerwehrmann immer der Feuerwehrmann sein muß,

der Schaffner immer der Schaffner,

der Postzugräuber immer der Postzugräuber,

daß aber auch Albrecht Dürer zu einer Playmobilfigur wurde, hat er seinen Körpervermessungen zu verdanken, durch die er sich selbst in den perfekt vermessenen Plastikleib verwunschen hat,

und daß Martin Luther zu einer Playmobilfigur wurde, hat er seinen eigenen Worten zu verdanken, *hier stehe ich, ich kann nicht anders,*

wenn ich ihn mir ansehe, frage ich mich, ob auch ich mich mit eigenen Worten in den unglücklich Verliebten verwunschen habe, ob ich jemals die Worte geäußert habe *so liebe ich, ich kann nicht anders,* oder sei es auch nur, daß ich versäumt habe, wenigstens einmal im Leben die Worte auszusprechen *so liebe ich, ich kann auch anders,*

und wenn ich die Mienen all dieser so unerlösten wie unerlösbaren Zwerge betrachte, so frage ich mich, ob sie den Schmerz des

Geschlechts nie kennengelernt haben, oder ob sie gelernt haben, wie ich, ihre Entmannung mit sanftem Lächeln zu ertragen,

noch Schlimmeres als mir würden Sie allerdings einem vaterlosen Mädchen antun, wenn Sie ihm das Spielzimmer mit Playmobilfiguren füllten,

einem vaterlosen Mädchen würden Playmobilmännchen zu einer Armee von harmlosen Ersatzvätern werden,

und als erwachsene Frau würde sie weiterspielen, würde spielend Gefühle wecken, von denen sie nichts ahnt, und würde sich jedem Mann, der mehr als nur spielen will, wieder entziehen, weil sie nichts auf der Welt mehr fürchtet, als zu einem Mann zu gehören,

nein, bitte kein Spielzimmer, Herr Müller, so gern ich auch spielen würde, so gern ich auch mit der Goldhaarigen mein Leben lang gespielt hätte,

zu oft habe ich erlebt, wie schnell spielerische Leichtigkeit in schicksalhaften Ernst umkippen und federleicht verspieltes Herz bleistiftschwer werden kann, und daß, je süßer der Anfang, um so bitterer das Ende ist,

in meinem Leben ist eine Macht am Wirken, die mich vom Geborenwerden zum Sterben wirft und wieder zurück, von der Erweckung der Leidenschaft zu ihrer Abtötung schleudert und wieder zurück, mich abwechselnd in Flammen setzt und schockgefriert,

und vor dieser Macht, die mich nicht für immer im Zustand des Knaben lassen wird, wäre ich auch in einem Spielzimmer, das für einen ewigen Knaben bestimmt wäre, nicht sicher,

als Kind, Herr Müller, habe ich von allen Märchen am meisten die russischen geliebt, und von ihnen am meisten diejenigen, deren Held vernichtet, wieder zusammengesetzt und zu neuem Leben erweckt wird, so oft, bis er ein ganzer Mensch geworden ist,

wie im Märchen vom Waldgeist Och, der einen nichtsnutzigen Bauernsohn bei sich als Knecht aufnimmt und ihm befiehlt, Holz zu hacken, der Bursche jedoch legt sich auf dem Holzstoß schlafen, Och zündet das Holz an, der Bursche verbrennt, Och streut die Asche in den Wind, aus der Asche fällt ein Stück Kohle heraus, Och besprengt es mit Lebenswasser, und der Bursche ist wieder lebendig, schon ein wenig behender als zuvor, aber wiederum schläft er beim Holzhacken ein, und erst, nachdem Och ihn zum dritten Mal verbrennt und wieder erweckt, wird aus ihm ein schmucker junger Mann,

jetzt kann ich verstehen, warum es diese Märchen waren, die ich am meisten liebte, und frage mich, als was für eine nichtsnutzige Kreatur ich zur Welt gekommen sein muß, wenn mein

Schicksal es für nötig hält, mich immer wieder in Stücke zu schlagen und neu zusammenzufügen,

frage mich, ob mein Unglück darin liegt, daß ich nie schwimmen gelernt habe und in einer Undine ertrinken würde, anstatt daß es mir gelänge, meinen Durst nach Liebe zu stillen,

daß sie es ahnt und mich davor bewahren will, in ihrer Unausgesprochenheit zu ertrinken, und sage mir, daß es möglich sein müßte, diese Art von Frauen zu lieben und von ihnen geliebt zu werden, und ich nur deswegen mit ihnen keine Erfüllung finde, weil ich nicht schwimmen kann,

manchmal geschieht es mir, daß ich vom Schwimmen träume, eine ganze Nacht lang träume, daß ich schwimmen kann, und erwache aus diesen Träumen mit einem seligen Lächeln, vielleicht, weil sie in mir das Gefühl zurücklassen, daß mir jetzt der Weg zum Lieben offensteht, und oft dauert es bis zum ersten Schluck Kaffee, bis mir einfällt, daß es nur ein Traum, ein Wunschtraum war und ich in Wahrheit gar nicht schwimmen kann,

vielleicht, Herr Müller, sollte ich darüber nachdenken, was ich in Frauen eigentlich suche, mir eingestehen, daß ich in ihnen etwas suche, was keine Frau der Welt mir geben kann, oder wenn doch, dann nur für einen kurzen Rausch, zu kurz genoß ich das Gefühl, der Goldhaarigen, deren Seele sich anfühlte wie ein Meer, mein verschlossenes Herz zu öffnen, berauschte mich daran, daß meine Geliebte brachliegende, verwüstete Orte in mir aufspürte, durchspülte und zu neuem Leben erweckte,

sie ist eine Frau, deren Weiblichkeit stärker ist als sie selbst, ich schlief mit dem Mädchen in ihr und klammerte mich an die Urmutter in ihr,

als es vorbei war, als mein Rausch sich in Wahn verwandelte, dachte ich im Höhepunkt des Wahns, wie kann sie, wie kann eine Frau nur darauf verzichten, mit solcher Hingabe und Zärtlichkeit geküßt, berührt und geliebt zu werden wie von mir, weil ich ja jede erlebe, als wäre es meine erste, und sie berühre, als berührte ich eine Frau zum ersten Mal,

aber soll ich wirklich von Zärtlichkeit sprechen,

ist meine Zärtlichkeit nicht eher die ängstliche Vorsicht eines Versuchstiers, einer konditionierten Laborratte, die beim Anblick von Futter nicht mehr zuzugreifen wagt, weil man ihr bei jedem Zugriff auf ihr Futter einen Stromschlag versetzte, so oft, bis man ihr den Freßreiz abtrainiert hatte, bis sie ihr Futter nur noch zu beschnuppern und betasten wagte, jeden Augenblick Unheil erwartend, nur frage ich mich, wenn es wieder soweit ist, wer dieses Experiment mit mir macht, und wozu, wenn mir, sobald ich einer Frau nahe gekommen bin und sie ergriffen habe, der Stromschlag des schmerzvollen Abschieds versetzt wird, der mich jedes Mal lehrt, daß meine Gefühle mich ins Verderben führen, mein Verlieben mich dem Sterben nahebringt, und finde auf diese Frage keine Antwort,

meinen Sie, Herr Müller, ich sollte mich lieber fragen,

ob ich in meine eigenen Gefühle nicht mehr verliebt bin als in die Frau selbst, die durch die Kürze der Liaison, die wir hatten, als eine Idealgeliebte in mir zurückbleibt, die von keiner realen Geliebten übertroffen werden kann, und von der mich zu lösen Jahre kostet, denn meine Zeit der Verliebtheit war, als es zu Ende ging, noch nicht vorbei, und nur die schönen Dinge sind zwischen uns geschehen, doch nie das, was zwischen Männern und Frauen üblicherweise geschieht,

daß sie mich mit ihren Launen traktierte, mir Freunde abspenstig machte, mir meine Eigenarten vorwarf,

daß ich sie mit meinen Launen traktierte, mit Gleichgültigkeit strafte, mich lieber mit Freunden betrank, anstatt ihren Duft zu trinken,

sollte ich mich fragen, warum ich Liebe nur als Flucht vor ihr und Sehnsucht nach ihr erleben kann und Frauen nur als Quell meiner Ängste und Ziel meiner Sehnsüchte,

warum ich für Frauen entflamme, von denen ich schon im voraus dunkel ahne, daß ich sie nicht bekommen kann, und schlagartig erkalte, sobald ich sie bekommen könnte,

die schlimmste Frage aber, die ich mir stellen kann, ist, was geschehen wäre, wenn die Goldhaarige meine Liebe erwidert hätte, ob ich mich davon nicht umklammert und erdrückt gefühlt und vor ihr die Flucht ergriffen hätte,

vielleicht, Herr Müller, würde ich von Wissenschaft etwas halten, wenn ich von ihr auf diese Fragen eine Antwort bekäme, wenn sie mir helfen würde, mein verqueres Lieben zu begreifen, anstatt mir vorzurechnen, in wieviel Milliarden Jahren die Erde von der Sonne verschlungen wird,

wenn sie mir helfen würde, die Geschichte zu begreifen, die ich schon vor meiner Geburt in mir trug, anstatt mich mit der Millionen Jahre alten Geschichte von Dinosauriern zu traktieren, deren gräßliche Fratzen sie in jedem Kindergarten und jedem Kinderzimmer verbreitet,

sollte jemals einer Ihrer Kunden wünschen, daß Sie für seinen Nachwuchs das Kinderzimmer einrichten und gestalten, so dürfen Sie auf keinen Fall Dinosaurier darin unterbringen, weder als Bilder noch als Tapetenmuster noch als Spielfiguren, bitte tun Sie es nicht, Herr Müller, ich beschwöre Sie, lassen Sie sich auch mit noch so großen Geldsummen nicht dazu zwingen, sondern reden Sie es dem Kunden aus, um die Seele seines Kindes zu retten,

gewiß, Kinder lieben es, sich zu gruseln, auch ich habe als Kind das Gruseln geliebt, habe wieder und wieder das Märchen vom Teufel mit den drei goldenen Haaren gelesen und das Märchen von dem, der auszog, das Fürchten zu lernen,

aber keinesfalls darf man Kindern den Teufel nehmen und durch einen Triceratops ersetzen, denn damit nimmt man ihnen auch den Eisenhans, der ihnen beisteht,

um keinen Preis ihnen den bösen Drachen nehmen und durch einen Tyrannosaurus rex ersetzen, denn damit nimmt man ihnen auch den tapferen Ritter, der die geraubte Jungfrau befreit und den Drachen tötet,

niemals ihnen die böse Hexe nehmen und durch einen Diplodocus ersetzen, denn damit nimmt man ihnen auch die gute Fee und verkauft ihre Seelen der Wissenschaft, die ihnen Schreckgestalten vorsetzt,

die an kein Märchen und keinen Mythos gebunden sind,

die losgelöst von Sinn und Bedeutung durch ihre Seelen spuken und Unheil anrichten, die ihnen nichts über das menschliche Leben erzählen, das ihnen bevorsteht, keine Wahrheiten über Gut und Böse und weiblich und männlich,

dabei müssen wir doch unseren Kindern erzählen, was das Leben ist, was alles ihnen im Leben widerfahren kann,

nur aus dem Märchen vom Eisenhans können sie erfahren, daß man sein äußeres Ich tarnen und verleugnen muß, um zum wahren inneren Selbst zu finden,

nur aus dem Märchen vom Goldenen Vogel können sie erfahren, daß das Leben eine Reise entlang der Webfehler im Lebensfaden ist und daß man nicht mehr Weisheit erlangen kann, als das Richtige zu wissen und dennoch das Falsche zu tun,

nur aus dem Märchen vom Rumpelstilzchen können sie erfahren, daß das Böse stets im Gewand des Helfenden dem Menschen entgegentritt, das danach seine Prämie einfordert, und daß es seine Macht verliert, wenn man es beim richtigen Namen nennt,

noch heute, Herr Müller, läuft mir ein Schauer über den Rücken, wenn ich an Rumpelstilzchen denke,

als ich ein Kind war, konnte ich mir die Hörspielschallplatte vom Rumpelstilzchen nicht oft genug anhören und habe noch beim hundertsten und tausendsten Mal bang gezittert an der

Stelle, an der die Müllerstochter das Männlein fragt, ob es vielleicht Hinz heiße oder ob es Kunz heiße, um erst beim dritten Mal zu fragen, *oder heißest du etwa Rumpelstilzchen,*

habe die Erlösung und Befreiung der Müllerstochter mitgespürt, wenn das Männlein schrie: *das hat dir der Teufel gesagt, das hat dir der Teufel gesagt,* und sich selbst entzweiriß,

kein anderes Märchen hat mich als Kind so sehr ergriffen mit seiner Botschaft, was für eine Macht dem Wort innewohnen kann, wenn es das richtige ist,

und so darf man Kindern keine Gestalten ohne Worte, ohne Geschichten vorsetzen, denn in unser aller Leben Anfang ist ja das Wort, wir hören die Welt, bevor wir sie zu Gesicht bekommen, wir hören im Dämmer des Mutterleibes die Stimmen und Worte der Welt, bevor wir die Welt selbst sehen,

bevor wir die Welt sehen, sind wir schon von Sprache durchdrungen, die wir brauchen, um die Bilder zu ordnen, sie in Geschichten zu bannen, weshalb wir unseren Kindern erzählen müssen, um innere Bilder in ihnen zu wecken, Bilder, die ihnen gehören, weil sie selbst sie aus den Worten erschaffen haben,

und so weiß ich keine andere Rettung, als zu schreiben, um die Bilder, die in mir spuken, an Worte zu fesseln und zu bannen, und um meine überquellende Seele wenn nicht zur Goldhaarigen, dann wenigstens auf Papier fließen zu lassen, und es dauert nicht lang, bis mir das Manuskript zur idealen Ersatzgeliebten wird, weil es mich nicht verläßt, immer bei mir bleibt, ohne mich zu bedrängen, weil ich mich ihm angstlos hingeben und mich selbst an es loswerden kann, weil es mich in Ruhe läßt, wenn ich nichts von ihm wissen will, und mir als einzige verläßliche Geliebte dennoch nicht davonschwimmt,

aber bitte ersparen Sie mir die unbarmherzigen Worte, die Ihnen auf den Lippen liegen, bitte sprechen Sie es nicht aus, jetzt nicht und auch dann nicht, wenn mein Satz zu Ende ist, daß meine Worte in Wahrheit bedeuten, daß ich dazu verurteilt bin, nicht im wirklichen Leben, sondern nur mit Worten zu ficken, mit dem Bleistift das Papier, daß meine Leidenschaft aus dem wirklichen Leben verbannt ist und nur in Worte fließen darf, als wäre ich ein wiedergeborener Minnesänger, bitte seien Sie barmherzig und hindern Sie mich nicht daran, mir mein unglückseliges Schicksal schönzureden, damit ich es mir nicht schöntrinken muß,

zumal auch mein Glück mit der idealen Ersatzgeliebten einmal sein Ende findet, früher oder später kommt der Zeitpunkt, zu dem ich sie verrate, weil ich ja von irgend etwas leben muß, weil ich nichts kann, aber dennoch mit irgend etwas Geld verdienen muß, reiße ich mich gewaltsam von meiner anschmiegsamen fließenden Geliebten los und lasse zu,

daß meine handschriftliche Vertraute sich in eine Fremde aus gedruckten Buchstaben verwandelt,

daß sie in starre Form gepreßt und vervielfältigt wird,

daß aus einem lebendigen Manuskript ein Buchleichnam wird,

und bleibe zurück mit dem Gefühl, nie wieder ein Wort schreiben zu können, weil ich, wie immer, versäumt habe, mir rechtzeitig, bevor ich die ehemalige Geliebte zu Grabe tragen muß, eine neue zu erschaffen,

und so werden Sie gewiß verstehen, warum Autorenlesungen mir eine Leichenfledderei sind,

auf Lesungen holt mich wieder ein, was ich loswerden wollte, umstellen mich die Worte, mit denen ich mich von mir selbst befreien wollte, und sperren mich in ein selbsterschaffenes Gefängnis,

warum nur, frage ich mich, versucht man mit solcher Besessenheit, jeden Menschen zu alphabetisieren, wenn er dann doch nicht liest, sondern zu Autorenlesungen geht, um sich vorlesen zu lassen, und wenn Sie bedenken, Herr Müller, wie eng verwandt Gehirn und Gedärme in ihrer Beschaffenheit und in ihrer Funktion sind, müssen Sie dann nicht auch konstatieren, daß ein Schriftsteller auf einer Lesung öffentlich in seinen eigenen Gehirnausscheidungen wühlt, ein unappetitlicher Vorgang, der durch die Eitelkeit, mit der er üblicherweise zelebriert wird, vollends unerträglich wird,

ein Mensch, denke ich mir, muß nicht lesen und schreiben können, um ein gescheiter Mensch zu sein, man bringt es ihm in Wahrheit nur bei, um ihn besser verwalten zu können,

ich bin einmal im Oberpfälzer Freilandmuseum gewesen, wo nichts mich so beeindruckt und nichts mir mehr über die heutigen Mißstände gesagt hat als das Haus der Gänsehirtin, die zugleich die Heilerin und Kräuterhexe des Dorfes war und als Hausärztin und Hebamme zu den Bauernfamilien gerufen wurde,

ihr Mann wiederum verdingte sich als Tagelöhner im Sägewerk oder bei den Bauern und wurde auch dafür bezahlt, einen Abschnitt der Gemeindestraße instandzuhalten,

wie anders sähe die Welt aus, dachte ich mir, als ich das Haus der Gänsehirtin besichtigte, wenn es den Menschen auch heute noch vergönnt wäre, sich nach ihrem eigenen Rhythmus mit ganz einfachen Dingen durchs Leben zu bringen, anstatt vom Staat verwaltet zu werden, anstatt in ein organisiertes Leben gezwungen zu werden, anstatt durch Ausbildungen, Umschulungen und Weiterbildungen deformiert, in Sozial- und Arbeitsämtern zerrieben zu werden,

die Gänsehirtin und der Tagelöhner haben in ihrem Dorfgefüge keinen Staat gebraucht,

wären sie in Not geraten, so hätten die Bauern ihnen beigestanden, allein, um nicht ihre Medizinfrau zu verlieren, und der demütigende Gang zu einem Amt, das demütigende Ausfüllen von amtlichen Formularen wäre der Gänsehirtin erspart geblieben,

heute aber, wo aus Dörfern Einfamilienhaussiedlungen geworden sind, bringt der Staat das Leben unter den Zwang seiner Regelungen und Maßregelungen, getarnt als Fürsorge, mit Kindertagesstätten, Schulen und Sozialämtern, allesamt Institutionen, die in Wahrheit dazu dienen, den Menschen, den der Staat als sein Eigentum betrachtet, den er von Geburt an mit einer Finanzamtsteuernummer brandmarkt, zum Einheitsmenschen zu erziehen, dem er Lesen und Schreiben beibringt, damit er sein Leben lang Amtsformulare ausfüllen und unterschreiben kann,

keinesfalls darf man dem Irrtum verfallen, die Menschheit werde beglückt, wenn man jeden

Menschen zum Lesen und Schreiben zwingt, sehen Sie sich nur die Literaturgeschichte an, Herr Müller, sehen Sie sich an, wie es mit der Literatur eines jeden Landes bergab ging, sobald man dort die allgemeine Schulpflicht einführte und Generationen von alphabetisierten Menschen hervorbrachte, für die in Massen Lesestoff produziert werden mußte, woran sich bis heute nichts geändert hat,

ich habe es als Verkäufer in der Nürnberger Bahnhofsbuchhandlung selbst erlebt, Herr Müller, mit welcher Gier jeden Donnerstag die neu erschienenen Romanhefte zusammengerafft und stapelweise zur Kasse getragen wurden, *Schiffsarzt Dr. Jansen, Mami, liebe Mami, Xaver der Hüttenwirt, Fürstenschlösser, Die Helden von Texas,* so hießen sie,

habe unermüdlich literaturerstickende Bestsellerstapelware vom Lager in den Verkaufsraum getragen,

dennoch schreibe ich, obwohl ich dazu viel weniger Talent besitze als zum unglücklichen Verlieben,

wenn es Genies des unglücklichen Verliebens geben sollte, so gehöre ich zu ihnen, und um diese Genialität auszuhalten, gebe ich mich der Vorstellung hin, wie unkompliziert es Maler haben, und bete darum, in meinem nächsten Leben, falls es eines gibt, ein Maler werden zu dürfen, ein Maler, denke ich mir, hat jeden Tag ein anderes Mädchen im Atelier, das sich erst von ihm malen und dann verführen läßt,

jeden Tag ein anderes Mädchen muß es sein, damit man sein Herz nicht an eines verliert, so stelle ich mir das glückliche Leben eines Malers vor im Gegensatz zum unglücklichen Leben eines Schriftstellers, das sich im Gesicht auf dem Buchumschlag widerspiegelt,

das Leben eines Künstlers, der überhaupt nur wegen der Darstellung weiblicher Akte beschlossen hat, Künstler zu werden, so wie mein geliebter Herzensfreund Andrea di Molina, der es niemals soweit kommen ließe, daß ein Aktmodell vor Erdnußflipskrümeln in seinem Bett fliehen muß,

nicht nur, weil er der liebenswürdigste und aufmerksamste Gastgeber ist, den man sich nur denken kann,

nicht nur, weil er ein begnadeter Wohner und damit einer derjenigen Menschen ist, dem von Ihnen nicht geholfen werden muß, was ihm dadurch gelingt, daß er, ungleich mir, die Kunst des Loslassens beherrscht und sich ohne Bedenken nur drei Monate nach dem Einzug wieder von einer Wohnung lösen kann, wenn sich ihm eine noch schönere bietet,

so lebte er im Laufe unserer Freundschaft in den schönsten und großzügigsten Altbauwohnungen, deren Wänden er stets die geschmackvollsten und zauberhaftesten Anstriche verlieh,

nicht nur, weil seine Liebe zur Weiblichkeit schier unermeßlich ist, größer noch als meine Angst vor ihr,

sondern weil seine Liebe zum nicht nur ungetrübten, sondern bis ins Detail verfeinerten Lebensgenuß mindestens ebenso groß ist,

was nebenbei bedeutet, daß wir füreinander Narziß und Goldmund sind, er mein Goldmund, ich sein Narziß,

Herr di Molina, müssen Sie wissen, achtet vor jeder Nacht mit seiner Liebsten darauf, daß der Kerzenständer in seinem Schlafzimmer mit fünf unterschiedlich langen Kerzen bestückt ist, damit das Licht so sanft wie möglich erlischt,

auf kulinarischem Gebiet sorgt er selbst bei den einfachsten Gerichten für Verfeinerungen, etwa, indem er einer Currywurstsauce durch Beigabe von Brombeermarmelade Fruchtigkeit verleiht,

und Metzgereifachverkäuferinnen gegenüber pflegt er beim Erwerb einer Leberkäsesemmel stets den Wunsch nach einer Scheibe Gewürzgurke als Extrazutat zu äußern und lehnt die Beigabe von Senf oder Ketchup charmant, aber strikt ab,

nicht zu vergessen auch, daß er seinen Morgenkaffee mit einem kleinen Löffelchen edelsten Orangenblütenhonigs zu verfeinern pflegt, als Künstler vereinigt er die Freuden der Kulinarik und Erotik und bringt zuweilen die Haut anmutiger, liebreizender Damen mit Früchten, auch solchen des Meeres, in Kontakt, drapiert Muscheln zwischen ihren Brüsten und Schenkeln, läßt die Farbtöne unterschiedlichster Vogeleier mit den Farbtönen ihrer Haut korrespondieren, schlägt rohe Eier auf und bringt den Eidotter in eine innige Beziehung mit Haut und Haaren, um sodann die Gesamtkomposition fotografisch festzuhalten,

am meisten zu denken gab mir, als ich seine Werke zuletzt betrachtete, das Teilporträt einer entkleideten Dame, die sich, wie di Molina mir sagte, für einen Adventskalender fotografieren ließ, von Bild zu Bild sich mehr entblößend, um dem Mann ihres Herzens eine Freude zu machen, der jedoch mit Eifersucht den Mann hinter den Fotografien witterte, was dazu führte, daß die Liebesbeziehung durch den Adventskalender ein jähes Ende fand,

doch es war nicht die ungeahnte Auswirkung der Kunst auf die Liebe, die mir zu denken gab, sondern der Umstand, daß di Molina das enthaarte Geschlecht der Dame mit einem Zweig Rosmarin dekoriert hatte, der wie ein verheißungsvoll duftender Amorspfeil auf den Quell der Lüste wies, doch zugleich auch mit einem Blatt Chicorée, als wolle er dem Betrachter sagen, daß es auf Erden keine Lust ohne Bitternis gibt,

freilich in jedes Menschen Leben in unterschiedlicher Dosis, was sich auf einem einzigen Bild nicht darstellen läßt, manchem teilt das Schicksal einen ganzen Strauß Rosmarin zu und garniert ihn mit einem winzigen Blättchen Chicorée, ein andermal verteilt es mit vollen Händen Chicorée und hinterläßt dazu ein wie versehentlich hingeworfenes Zweiglein Rosmarin, womit ich nicht sagen will, daß es ungerecht ist,

nebenbei frage ich mich, ob ich für Herrn di Molinas künstlerisches Schaffen deshalb so empfänglich bin, weil ich mir beim Anblick der kulinarisch veredelten Damen wenigstens noch vorstellen kann, mit dem Munde zwischen ihre Schenkel zu tauchen, um Stück für Stück die dort plazierten Weinbeeren zu essen, oder ihnen weiße Mousse au Chocolat von den Brüsten zu lecken, aber vor allem weiteren, was darüber hinausgeht, zurückscheue, weil es mir mehr Chicorée als Rosmarin verheißt,

sagen Sie selbst, habe ich mich damit aus menschlicher Sicht nicht wahrhaftig in eine Ratte verwandelt, wenn ich ein Mann geworden bin, der beim Anblick von di Molinas weiblichen Akten nur noch an die Verlockungen von Mousse und Weinbeeren denken kann, doch nicht an diejenigen, die einem normalen Mann in den Sinn kämen, in eine männliche Ratte, die mit einem menschlichen weiblichen Leib nichts anfangen kann,

vielleicht denken Sie ja bereits darüber nach, ob es nicht besser wäre, mir eine Behausung dort einzurichten, wo ich hingehöre, im Untergrund,

denn bin ich nicht auch um dessentwillen eine Ratte, als ich nicht aufhören kann, im Unrat zu wühlen, im Unrat meiner eigenen Seele noch dazu, von der ich mir eine Zeit meines Lebens einredete, sie wäre edel und gut, oder aber, das Leben würde mich zu diesem Zustand hinführen, mich veredeln und verbessern, mich von primitiver Blockschokolade in Edelvollmilch verwandeln, doch allenfalls Bitterschokolade ist aus mir geworden, die nach Zartheit vergebens gesucht hat,

Sie dürfen indes nicht glauben, Herr Müller, ich würde Herrn Wahnschaffes Kunst geringer schätzen als die Kunst Herrn di Molinas, und damit Sie nicht dem Irrtum erliegen, ich hätte im Sinn, mich, indem ich mein Wohlgefallen an di Molinas Kunst äußere, über Wahnschaffe lustig zu machen, der liebreizende Damen nur mit versehentlich auf ihre Haut gelangten Erdnußflipskrümeln abkonterfeien könnte, will ich Ihnen gestehen, daß ich nicht nur zu Frauen, auch zu Kartoffelchips ein krankhaftes Verhältnis habe, und wem anders als Ihnen, der eine Zeit seines Lebens an der Sucht litt, zu nächtlicher Stunde vier Magnum-Eis zu vertilgen, könnte ich gestehen, daß mich, wann immer ich nach geselligen Abenden in di Molinas Domizil – eine ehemalige Apotheke, nebenbei bemerkt, mit der er den bisherigen Höhepunkt seines Wohnens erreicht hat, die ihm Wohnung, Atelier und Galerie in einem ist und in der sich stets ein ansehnlicher Vorrat fränkischer Landbiere, italienischer Weine und schottischer Single Malts befindet, an dem teilzuhaben er mich nicht lange nötigen muß, vor allem dann nicht, wenn ich, und ich geniere mich nicht, es Ihnen zu bekennen, in di Molinas und seiner Liebsten Armen, Trost suchend wie ein kleines Kind, den Abschied von meiner Herzdame beweine – mit der letzten U-Bahn nach Hause fahre, ein unwiderstehlicher Kartoffelchipskauf- und -eßzwang überfällt, der mich dazu bringt, mein letztes Kleingeld in den Automaten zu werfen, um es gegen eine Portionstüte Kartoffelchips einzutauschen, die ich teils noch in der U-Bahn-Station, teils auf der Fahrt in mich hineinstopfe, nicht ganz so ungeniert indes, wie Sie vielleicht denken,

freilich ist die letzte U-Bahn an den Sonntag- bis Donnerstagabenden so gut wie menschenleer, aber ich frage mich, ob der besessene Kartoffelchipsesser nicht schon manchem U-Bahn-Fahrer ein vertrauter Anblick geworden ist, den er geradezu erwartet, wenn er kurz nach halb eins in die Station Jakobinenstraße einfährt,

ob meine perverse Sucht nicht schon dem Personal in der Zentrale der Verkehrsbetriebe aufgefallen ist, das an einer großen Monitorwand die Übertragungen der Videokameras verfolgt,

nur dann, wenn ich versäumt habe, mich rechtzeitig von Herrn di Molina zu verabschieden, und erst frühmorgens im anbrechenden Berufsverkehr mit einer U-Bahn nach Hause fahre, die naturgemäß viel voller ist, stopfe ich vor den Augen der Fahrgäste Kartoffelchips in mich hinein, unbekümmert darum, was sie von mir denken mögen, unbekümmert auch um die Brösel, die ich auf dem frisch gereinigten Boden hinterlasse, weil der Grad meiner Alkoholisierung in der langen Nacht bei di Molina ein Ausmaß erreicht hat, das mich völlig enthemmt,

doch so gut ich mich bei ihm auch aufgehoben fühle, so wenig darf Sie dies auf die Idee bringen, mir mein ideales Domizil als eine Jugendstilapotheke zu gestalten, wie di Molina sie bewohnt, Sie würden mich mit solchen Räumlichkeiten, wären es die meinen, nur doppelt in den Wahnsinn treiben,

niemals könnte ich zwischen Hunderten und Aberhunderten von Schubladen leben, wie di Molina es tut, denn was immer ich in einer

Schublade deponiere, vergesse ich sofort, nur mit Regalen kann ich leben, in denen alles sichtbar ist,

was habe ich nicht schon, erst Schränke und Schubladen, dann sämtliche Winkel meiner Wohnung durchwühlend, nach meinen Steuerunterlagen gesucht, um nach tagelanger verzweifelter Suche, bei der ich auch das Gefrierfach meines Kühlschranks nicht ausließ, festzustellen, daß ich sie bereits vor vielen Monaten fein säuberlich in einem Ordner abgeheftet, den unbeschrifteten Ordner in den Schrank meines Arbeitszimmers gestellt und dann dessen Inhalt sofort vergessen hatte, so unfähig bin ich zur Verwaltung von Dingen, insbesondere Papier, was für einen schreibenden Menschen, wie Sie gewiß zugeben werden, ein ganz besonders fataler Defekt ist,

so daß ich mich, während ich Ihnen mein schlechtes Gedächtnis bekenne, fragen muß, ob ich überhaupt ein richtiger Schriftsteller bin,

weil ich an Arno Schmidt denken muß, der gern von seinem *gußeisernen Gedächtnis* sprach, in dem der Aufenthaltsort eines jeden einzelnen seiner Millionen von Zetteln gespeichert war, die er in unzähligen Zettelkästen aufbewahrte, und ich kann mir vorstellen, daß er mit großer Freude die Jugendstilapotheke bezogen hätte, welche Herr di Molina bewohnt, mich hingegen würde eine Apotheke als Domizil unweigerlich auch damit konfrontieren, daß ich ein Herzenskranker, kein Herzkranker bin,

daß in diesen Hunderten und Aberhunderten von Schubladen, die ich durchsuchen würde, keine Medizin für mich ruht, noch jemals ruhte, sondern daß nur die Menschen, welche die Räumlichkeiten beseelen, Herr di Molina und seine Liebste, imstande sind, meine Herzensqualen zu lindern,

gern stelle ich mir zuweilen vor, daß ich ein glücklicherer Mensch wäre, wenn ich mir zur Abwechslung hin und wieder eine Rippe brechen könnte, einen Arm oder Fuß, anstatt immerfort nur das Herz,

von Glück reden muß ich andererseits, daß ich herzenskrank, nicht herzkrank bin,

denn gar nicht auszudenken, Herr Müller, was für eine Marter und Tortur mein Leben wäre, wenn ich körperlich hätte, was ich seelisch habe, weil ich ja unentrinnbar den Medizinern und ihrer Operationsbesessenheit ausgeliefert wäre,

und muß, während ich mir diese Besessenheit vor Augen halte, an Ray Bradbury denken, der sie schon in ihrem frühesten Stadium erkannt und beschrieben hat, so daß ich mir sicher bin, daß er ein richtiger Schriftsteller ist,

Ray Bradbury, der die Geschichte von den sechs Mexikanern schrieb, die Geld für einen wunderbaren Eiscremesommeranzug zusammenlegten, um ihn sich zu teilen, auf daß jeder von ihnen wenigstens an einem Tag der Woche gut angezogen sei, um eine Frau zu erobern,

die ihn am ersten Abend, da er ihnen gehörte, für jeweils eine halbe Stunde einem zuteilten,

und dem Pechvogel der Gruppe vorschrieben, er dürfe, solange er den Anzug trage, weder hinfallen, noch sich an Hausmauern lehnen, noch unter Bäume gehen, auf denen Vögel sitzen,

dann aber folgte er dem Lockruf einer liebreizenden Dame, querte die Straße und wurde von einem Auto erfaßt, ohne daß indes der Anzug zu Schaden kam, wie seine herbeigeeilten Freunde feststellten,

worauf sie ihm flugs den Anzug vom Leibe streiften, um ihn vor den Besessenen mit den Rasierklingen zu retten, die sich bereits durch die Signale eines Rettungswagens ankündigten,

so finde ich mich sehr gern damit ab, ein Herzens-, kein Herzkranker zu sein, und denke am nächsten Tag, sobald ich mich nüchtern und wohlbehalten in meiner Wohnung wiederfinde, darüber nach, ob ich mir nicht durch diese öffentlichen Kartoffelchipsorgien, bei denen ich, wenn der Automat nichts Besseres bietet, nicht einmal vor funny frisch Currywurst Style zurückschrecke, meinen Ruf als Schriftsteller ruiniere,

zumal dann, wenn ich, wie es etwa einmal im Monat geschieht, mit dem Automatenbetreiber eine Reklamationskorrespondenz führen muß, weil der Automat, installiert auf der Zumutung eines trostlosen Bahnsteigs, zwar Geld genommen, aber keine Ware ausgegeben hat,

aber mehr noch als einen ruinierten Ruf fürchte ich Kartoffelchipskrümel im Bett, weshalb ich zu Hause keine Kartoffelchips konsumiere und sorgsam darauf achte, keine halbgeleerten Tüten in meine Wohnung einzuschleppen,

ich mag mir das Jucken, das die Erdnußflipskrümel Nacht für Nacht auf Wahnschaffes Haut entfachen und das ihm mutmaßlich Alpträume von Ekzemen beschert, die seinen ganzen Leib überziehen und entstellen, nicht ausmalen,

zumal Wahnschaffe ohnehin zu Hypochondrie neigt,

zumal auch sein Badezimmer seiner Kunst zum Opfer fiel, was ihn daran hindert, sich die Erdnußflipskrümel gleich nach dem Aufstehen von der Haut zu duschen, nein, er muß als Duschvagabund in die Welt hinausziehen, von Freund zu Freund, oder, wenn ihm die Mittel reichen, von Hotel zu Hotel, mit Vorliebe in Polen, Tschechien und Weißrußland, in der Ukraine, in der Slowakei und auf dem Balkan, wo er es sich zur Aufgabe gemacht hat, die städtische Welt in ihren häßlichsten Ausprägungen und Auswüchsen festzuhalten, Relikte einstiger Pracht in ihrem Verfall fotografisch zu dokumentieren, Industriebrachen, Bahnhöfe und Stadtpanoramen in seine Reisetagebücher zu zeichnen, die ein ganzes Regal in seiner Wohnung füllen,

von Erdnußflipskrümeln in die Welt hinausgetrieben, bereist Wahnschaffe mit Eisenbahnzügen und Kreuzfahrtschiffen den Osten, von einer Stadt zur nächsten, um sie einzusammeln, wie er es nennt,

und niemand, der es nicht selbst miterlebt hat, kann sich die besessene Zielstrebigkeit vorstellen, mit der Alfred Wahnschaffe zu Werke geht,

es ist ein Segen, denke ich mir, wann immer ich an Wahnschaffe denke, daß die Welt so groß ist und das Leben so kurz, und ich bin mir sicher, daß Gott, als er Himmel und Erde und den Menschen mitsamt ihren Ausmaßen und Lebensspannen erschuf, daran dachte, Wahnschaffe vor der Verzweiflung zu bewahren, die ihn befallen würde, wenn es ihm je gelänge, alle Städte der Welt einzusammeln, es sei denn, es gelänge ihm auch, eine neue Lebensaufgabe zu finden,

so geruhsam es ist, mit ihm einen Biergarten zu porträtieren, so kräftezehrend ist es, mit ihm eine Stadt in Bildern einzufangen, ich habe ihn im Herbst des vergangenen Jahres nach Nordböhmen begleitet und ihn dort als einen wahn- und wahrhaften Stadtvermesser erlebt, habe mit ihm die Städte Saaz, Brüx und Komotau erkundet und bin an die Grenzen meiner Möglichkeiten gestoßen,

noch am Nachmittag unserer Ankunft haben wir, halb verhungert und verdurstet von der Zugfahrt, die Altstadt von Komotau begangen, deren Plan Wahnschaffe bereits auswendig im Kopf hatte und in der er sich so zielstrebig und unaufhaltsam von Motiv zu Motiv bewegte, als reagiere er auf Lockrufe, die ein normaler Sterblicher nicht hören kann, ausgesandt von brachliegenden Spielhallen, verfallenden Altbauten und kümmerlichen Schaufensterauslagen,

in den Tagen danach folgten wir den Lockrufen von Kleinbrauereien, Industrieruinen und Braunkohlekraftwerken, deren Kühltürme Wahnschaffe als Biergläser abkonterfeite, bewegten uns in rumpelnden Schienenbussen durch das nordböhmische Land, in dem man ganz anders Bahn fährt als bei uns,

wer in Deutschland ohne Fahrschein in einen Zug einsteigt, steht bereits mit einem Bein im Gefängnis, selbst dann, wenn er gar keinen Fahrschein kaufen konnte, weil der Automat auf dem trostlosen Bahnsteig außer Betrieb war, dort hingegen suchen liebenswürdige Schaffner die neu Zugestiegenen auf, um ihnen Fahrkarten zu verkaufen, ohne sie im mindesten des Schwarzfahrens zu verdächtigen, Schaffner, die sich von jedem Aussteigenden höflich verabschieden, Herrn Wahnschaffe und mir zuweilen gar aus dem abfahrenden Zug zum Abschied winkten, als hätten wir durch unser Mitreisen den Grundstein zu einer innigen Freundschaft gelegt,

und während man in Deutschland das Bahnhofspersonal durch Fahrkartenautomaten ersetzt hat, wird selbst noch im verschlafensten tschechischen Kleinstadtbahnhof ein Bahnhofsvorstand beschäftigt, der die Züge abfertigt und die Reisenden betreut, so daß dort niemals ein Unglück wie dasjenige in Forchheim passieren könnte,

in Forchheim nämlich, so erzählte mir Wahnschaffe, seien einem Betrunkenen, der sich auf die Bahnsteigkante gesetzt hatte, die Beine abgefahren worden,

nicht auszudenken, gäbe es nicht das fürsorglich tätige Bahnpersonal, um wieviel mehr ein solches Unglück in Tschechien passieren könnte, wo man unter einem einfachen Schnaps das versteht, was bei uns ein doppelter ist, wie wir ungezählte Male am eigenen Leib erfahren mußten, und so verbrachten wir unsere Tage mit beglückenden Bahnreisen und systematischen Ortsbegehungen in Saaz, Brüx und Komotau, drei Städten, die unterschiedlicher nicht sein könnten, aber zueinander die harmonische Verbindung eines böhmischen Schamdreiecks eingehen, und es kann nicht anders sein, als daß die untere Spitze des Dreiecks von der Hopfenstadt Saaz markiert wird, in der die Gerstensäfte zweier Brauereien fließen,

lassen Sie mich Ihnen an dieser Stelle versichern, Herr Müller, daß Ihnen eine Stadt, die Sie mit Wahnschaffe begangen hätten, so unauslöschlich im Gedächtnis bliebe wie eine unglückliche Liebe,

niemals würden Sie vergessen, wie Sie mit Wahnschaffe bei strömendem Regen Schritt für Schritt die Stadt Brüx vermessen hätten, wenn Sie ihn, so wie ich es tat, zu jedem Standpunkt, den er aufsuchte, um die Trostlosigkeit aus der Ära des realen Sozialismus fotografisch festzuhalten, begleitet hätten, um den Regenschirm über ihn zu halten, und sich dabei gefragt hätten, was für ein Bild Sie den Menschen abgeben, die in Autos und Omnibussen, Straßenbahnen und Zügen an Ihnen vorbeifahren und niemals zu Fuß die Stelle aufsuchen würden, an der Sie mit Wahnschaffe stehen, welche aber die von ihm erkannte einzige ideale Stelle ist, um die

Häßlichkeit eines Wohnblocks für Arbeiter aus dem Braunkohletagebau, die sich vor dem Auge entfaltet, in eine adäquate Bildkomposition zu setzen,

und gerade einem Menschen wie Ihnen würde Brüx im Gedächtnis bleiben als ein Ort, an dem die Verwirklichung eines Wohntraums ganz und gar unmöglich ist, ein Ort, an dem Sie nur versagen könnten, während Wahnschaffe Trophäen der Trostlosigkeit sammelt und mit ihnen Triumphe feiert,

doch kann er, im Gegensatz zu mir, auch anders und benutzt seine Dokumentationen der Häßlichkeit für den visionären Teil seines Werks, seine ideale Stadt, die er in Zeichnungen, Plänen und Modellen als einen Ort entwirft, der Berufe wie den Ihren überflüssig machen würde,

Herr Wahnschaffe ist, müssen Sie wissen, ein Mensch, der das bloße Existieren bereits als Zumutung empfindet und daher mit Vorliebe darüber nachsinnt, wie diese Zumutung gemildert werden könnte,

so versteht sich von selbst, daß er sämtliche Ämter und Institutionen, die nur dafür geschaffen wurden, dem Menschen das Leben schwer zu machen, aus seiner Stadt verbannt hat, hingegen neue Ämter und Institutionen, die zum Wohle des Menschen wirken, erfunden und in seiner Stadt angesiedelt hat, etwa eine *Liga zur Verteidigung der Kunst,* die sorgsam darauf achtet, daß das Leben in der Stadt von Ästhetik durchwirkt ist und jeder, der dazu beiträgt, sein Auskommen hat,

weitere Glückseligkeit schenkt er den Bürgern mit dem Bier aus dem Hause *Heiland-Bräu,* das in der Dreifaltigkeitskellerei kredenzt wird, mit dem Lunapark, in dessen *Ceauşescu-Geisterbahn* unfähige Politiker der Gnade teilhaftig werden, sich einen bescheidenen Lebensunterhalt durch Entfaltung ihres Talents, andere das Gruseln zu lehren, verdienen zu dürfen, sowie den *Wandernden Gärten,* die an immer wieder anderen Orten die Seele erquicken,

als besondere Großherzigkeit muß man Herrn Wahnschaffe anrechnen, daß er, wiewohl dem Tabakgenuß abhold, auf den Feldern von Maloborovsk eine Plantage entstehen ließ, auf der reinster und feinster Orienttabak angebaut wird, den die städtische Tabakmanufaktur zu ovalen Zigaretten der Marke *Fenomen* verarbeitet, die mit nur mäßiger Besteuerung in den Handel kommen, in Packungen, deren jede einzelne ein von Hand bemaltes Unikat ist, was wiederum dem segensreichen Wirken der *Liga zur Verteidigung der Kunst* zu verdanken ist, die auch dafür gesorgt hat, daß jeder einzelne Geldschein aus einem Künstleratelier kommt, die Steuereinnahmen werden dazu verwendet, die Stadtviertel nach den Wünschen und Bedürfnissen ihrer Bewohner zu gestalten,

dazu müssen Sie wissen, daß Wahnschaffes Stadt, gleich dem alten Lemberg, unterschiedliche Bevölkerungsgruppen in unterschiedlichen Stadtvierteln beheimatet, die sich indes nicht, wie im alten Lemberg, nach Religion oder Nationalität unterscheiden, nach Juden, Polen, Ruthenen, Armeniern oder Deutschen, sondern nach psychischen Erkrankungen, nach Neurosen und Psychosen, Depressionen und Manien, damit sie gemeinschaftlich wie Glaubensrituale ausgeübt und dadurch gelindert werden können,

und so erweist sich Wahnschaffe, indem er sich darum sorgt, wie die Pein des Daseins gemindert und gemildert werden kann, als ein wahrer Menschenfreund, und käme es jemals soweit, daß eine Stadt nach seinen Plänen gebaut würde, so würde ich ihn darum bitten, auch den unglücklich Verliebten ein Stadtviertel zu widmen, wo sie in Ausübung ihrer Krankheit gewiß eine neue Liebe fänden, vielleicht eine glückliche gar,

unnötig indes zu sagen, was dieser Stadt fehlt, Straßen etwa, die dazu geeignet sind, von Automobilen befahren zu werden, wie es ihr überhaupt an einer Verbindung zum Fernstraßennetz mangelt, nur der Schienenweg und der Wasserweg führen zu ihr,

und noch unnötiger vielleicht zu erwähnen, daß es ihr an Kunstfriedhöfen, die gemeinhin Museen genannt werden, gänzlich gebricht, da sie ja vollkommen von Kunst durchdrungen ist,

und damit ist die Stadt Most ganz das Gegenteil von Wahnschaffes idealer Stadt, eine unbarmherzige Reißbrettstadt nämlich, die angelegt wurde, nachdem man das alte Brüx komplett weggesprengt hatte, um an die darunterliegende Braunkohle heranzukommen, auch, um aus ihr, wie Wahnschaffe mir sagte, den Kaffee zu gewinnen, der in tschechischen Pensionen und Hotels auf den Frühstückstisch kommt, und so ist eine Stadt entstanden, die nur bei strömendem Regen ihr wahres Gesicht zeigt, hingegen bei freundlichem Sonnenschein womöglich gar nicht existiert,

und die zum Ort einer gigantischen Technikschwejkiade wurde, indem man den Beschluß faßte, die spätgotische Kirche Mariä Himmelfahrt um 841 Meter zu verschieben und damit ein Projekt in Gang setzte, das an Aufwand die erste Mondlandung der Amerikaner weit übertraf,

ebensowenig werde ich die Altstadt von Saaz jemals vergessen, in der die Epochen der vergangenen hundert Jahre nebeneinander zu existieren scheinen, die abwechselnd und gleichzeitig nach Gegenwart und K.-u.-k.-Monarchie, nach Kommunismus und Nachkriegszeit aussieht,

während ich Wahnschaffe durch Saaz begleitete, begann ich, mir eine kitschige Kindheitsidylle auszumalen, stellte mir vor, ich wäre vor über hundert Jahren in eine heile, sonnige böhmische Kleinstadtwelt hineingeboren worden, wäre dort als glückliches Kind mit anderen glücklichen Kindern zur Schule gegangen, zu gütigen Lehrern und Lehrerinnen, und hätte als Erwachsener in jener einst malerischen Stadt ein Bilderbuchleben voll glücklichen Liebens und Verliebens geführt,

Herrn Wahnschaffe wiederum trieb die Ansammlung von teils restaurierten, teils verfallenen Häusern, deren einem sogar ein Baum entwuchs, dazu, zum Abschluß der Begehung den Aussichtsturm beim Hopfenmuseum zu erklimmen, um von dort ein Stadtpanorama zu fotografieren, ein Vorhaben, das von den beiden örtlichen Brauereien trefflich unterstützt wurde,

die Biere der ersten Brauerei verhalfen ihm dazu, seine Höhenangst zu überwinden, und mit den Bieren der zweiten Brauerei belohnten wir uns für die erfolgreiche Stadtvermessung, doch Sie befänden sich im Irrtum, wenn Sie glaubten, ich wolle Herrn Wahnschaffe durch die Erwähnung seiner Höhenangst bloßstellen, nein, Sie sollen nur wissen, wie er im Dienste der Kunst seine persönlichen Grenzen überschreitet,

ebenso auch, daß es ganz unterschiedliche Arten von Höhenangst gibt, wie ich auf unseren gemeinsamen Reisen erleben durfte,

während es sich nämlich auf Türmen so verhält, daß ich den fotografierenden Wahnschaffe umklammere, um ihm die Angst zu nehmen, er könnte in den Sog der Tiefe gerissen werden, so verhielt es sich in der Seilbahnkabine, die uns in Ústí nad Labem, dem früheren Aussig, auf den Hausberg brachte, den Větruše, ganz anders,

zwar umklammerte ich Wahnschaffe auch dort, doch diesmal, um mir selbst die Höhenangst zu nehmen,

denn während er in vollkommener Ruhe der Seele aus der Kabine heraus die Stadt fotografierte, die von oben wie eine schlecht komponierte, überladene Modelleisenbahnanlage wirkt, wie eine Anlage, die man eigens entworfen hat, um angehenden Modelleisenbahnern zu zeigen, wie man es *nicht* machen soll, indem man auf möglichst kleinem Raum möglichst viele unterschiedliche Bauwerke, Bahnlinien, Straßen, Berge und Flußtäler unterbrachte,

überstand ich die Seilbahnfahrt nur mit geschlossenen Augen, meine schweißnassen Hände in Wahnschaffes Sakko gekrallt, gleichwohl wird mir am lebendigsten Komotau in Erinnerung bleiben und dort das Lokal *Zlatý kaštan,* »Goldene Kastanie«, das wir nach unserem ersten Besuch sogleich zu unserem Stammlokal erkoren, um uns dort bei Bier und Becherovka von den Strapazen des Tages zu erholen, womit wir uns freilich neue Strapazen schufen, deren Bewältigung uns am folgenden Tag das Äußerste abverlangte,

ich konnte nur allzu gut erahnen, in was für einem Zustand sich Wahnschaffe befand, wenn ich gegen halb neun an seine Zimmertür klopfte und ihm damit einen Laut entlockte, der wie das Stöhnen eines qualvoll verendenden Nilpferds klang,

gleichwohl aber gelang es ihm stets, nur drei Minuten später am Frühstückstisch zu erscheinen, und dies selbst nach dem dritten und letzten und völlig entgleisten Abend im *Zlatý kaštan,* dessen Finale ich erst am nächsten Morgen anhand Wahnschaffes fotografischer Dokumentation rekonstruieren konnte,

begonnen hatte die Entgleisung damit, daß der Wirt uns nach Lokalschluß an den Personaltisch einlud, an dem er mit zwei Stammgästen und den beiden Kellnerinnen, die trotz ihres nicht mehr ganz jugendlichen Alters und ihrer nicht unbeachtlichen Leibesfülle Miniröcke trugen, Bier trank und Wodka aus Wassergläsern, auch habe ich noch in Erinnerung, daß Wahnschaffe im weiteren Verlauf des Abends seine Getränkebestellungen zur Melodie des Radetzkymarsches aufgab, indem er die Worte »Becherov-Becherov-Becherov-ka-ka!« sang und mit seinem leeren Glas den Takt auf der Tischplatte schlug,

des weiteren, daß mir eine der Kellnerinnen von den archäologischen Fundstücken erzählte, die ihr Mann sammelt und im Keller des Hauses archiviert, dann mich zu den Klängen eines Liebesglück verheißenden Schlagers an der Hand nahm und zur Tanzfläche zog,

als ich aber das Foto vom Finale sah, glaubte ich zunächst an eine Fälschung,

ich sah mich mit eben jener Kellnerin auf dem Schoß, meine Hände auf ihren Brüsten, wo sie selbst sie hingelenkt haben mußte, denn sie sah nicht danach aus, als könnte sie mir jemals zu einer unglücklichen Liebe werden, Wahnschaffes Dokumentation des Abends zeigte es mir überdeutlich,

eher sah es danach aus, als hätten die Damen, nachdem sie im ersten Teil des Abends unsere Wünsche nach berauschenden Getränken beflissen erfüllt hatten, erwartet, daß Wahnschaffe und ich im zweiten Teil des Abends ihre Wünsche nach erotischen Räuschen ebenso beflissen erfüllen, und wer weiß, was für fotografische

Dokumente ich von Wahnschaffe hätte vorlegen können, verstünde ich mich darauf, einen Fotoapparat ebenso zu handhaben, wie er sich darauf versteht,

doch sagen Sie selbst, Herr Müller, was ist das Jucken von Erdnußflipskrümeln in der Bettstatt eines Künstlers, der sich im Laufe jahrelanger Arbeit einen Raum, im Falle Wahnschaffes den gesamten Osten gar, erobert hat, gegen den Wahnsinn eines Schriftstellers, der von Natur aus unfähig ist, sich einen Raum zu erobern und in einem kahlen Raum scheitern muß, weil er ja auch in der Eroberung des Papiers weit hinter bildenden Künstlern zurückbleibt,

was man hingegen dem Raum mit einem bildenden Künstler antut, ist eine andere Frage,

bildenden Künstlern aber kann man nichts Besseres antun, als sie mitsamt ihrem Material in einen kahlen Raum zu sperren, aus dem ein Schriftsteller nur wahnsinnig oder tot wieder herauskäme, wovor ihn auch die lächerlichen Manieriertheiten und Fetischismen nicht schützen würden, die er kultiviert, um seiner Schwarzweißwelt so etwas wie Farbe zu verleihen,

Heimito von Doderer wäre verloren mitsamt seinen verschiedenfarbigen Tinten,

genauso Lion Feuchtwanger mitsamt seinem verschiedenfarbigen Schreibpapier, nur Georges Simenon mit seiner Sekretärin nicht, die in Wahrheit nicht seine Sekretärin, sondern seine Prostituierte war, an der er sich inmitten seiner Schreiborgien abreagierte,

die sich vornübergebeugt an den Schreibtisch stellte, sich den Rock hoch- und den Slip hinunterschieben und sich von hinten nehmen ließ, sooft ihm danach war,

wenn ich an Simenon denke, gehen mir, ohne daß ich es verhindern kann, Erinnerungen an die Goldhaarige durch den Kopf,

noch heute sehe ich vor mir, wie sie sich in jenem Sommer, den ich in seinem Beginn als den glückseligsten meines Lebens betrachtete, nackt an meinem Schreibtisch vornüberbeugte, und fühle noch heute, wie bitter sich Lähmung in meine Lust mischte, weil ich so frappiert davon war, daß die Goldhaarige sich mir, ohne daß sie es wissen konnte, genauso anbot, wie es meinen frühesten Phantasien entsprach,

dazu muß ich Ihnen sagen, Herr Müller, daß es, als ich ein pubertierender Schüler war, zu meinen Lieblingsphantasien gehörte, nachmittags nach der Schule eine Frau zu Hause vorzufinden, die mit hochgeschobenem Rock vornübergebeugt an dem Schreibtisch steht, an dem ich meine Hausaufgaben erledigen sollte, die sich mir anbietet und nur darauf gewartet hat, daß ich nach Hause komme und von ihr Besitz ergreife, manchmal war es in meinen Phantasien auch so, daß sie gefesselt war und sich gefallen lassen mußte, daß ich ihr den Rock hoch- und den Slip hinunterschob und sie nicht nur einmal gegen ihren Willen von hinten nahm,

es traf mich so sehr, daß die Goldhaarige, ohne es auch nur ahnen zu können, sich mir auf dieselbe Weise anbot, wie es meinen uralten Wünschen entsprach, daß ich darauf mit mehr Angst als Lust reagierte und ihr Angebot nicht zu ergreifen wagte,

ich glaube, es hatte auch damit zu tun, daß ich sie so sehr liebte und sie deshalb nicht zu benutzen wagte, obwohl sie mir genau das zuflüsterte, *nimm mich,* flüsterte sie mir zu, *benutz mich, ich möchte von dir benutzt werden,*

hätten wir nur mehr Zeit miteinander verbracht, so denke ich bis heute, so wäre es mir vielleicht vergönnt gewesen, von ihrem zauberhaften Wesen, mit dem sie tief in mich hineingriff, nicht nur halb, sondern ganz geheilt und erlöst zu werden,

so aber verbleibt ein unerfüllbares Wunschbild in mir, vor dem ich trotz und wegen meines übergroßen Begehrens versagt habe,

nur ahnen können Sie vielleicht, wie sehr ich sie um ihre natürliche, lustvolle, unbefangene Weiblichkeit beneide, so sehr, daß ich mir in trunkenen dunklen Stunden wünsche, ich wäre sie, und wie sehr ich zugleich mich selbst in denselben dunklen trunkenen Stunden für meine verquere, gehemmte, verstrickte Männlichkeit hasse, an die ich bis in den Tod gefesselt bleibe und von der ich mir nichts Gutes mehr erwarte,

seit ich ein sexueller Mensch bin, Herr Müller, träume ich mitunter davon, in der Rolle der Frau zu sein, nur einmal im Leben in der Rolle der Frau sein zu können, ohne daß ich eine sein will, nur ausprobieren würde ich es zu gerne, weil ich Sadist und Masochist in einer Person bin,

in mir befindet sich ein Sadist, der sich wünscht, zu vergewaltigen, und ein Masochist, der sich wünscht, als Frau vergewaltigt zu werden, nur den Menschen in mir vermisse ich, trotz meiner unerfüllten Sehnsucht, zu berühren und berührt zu werden, zu lieben und geliebt zu werden,

bei den brasilianischen Canela-Indianern, so habe ich gelesen, werden Mädchen, die sich zu lang spröde und abweisend geben, von den jungen Männern ihres Dorfes rituell vergewaltigt,

bei den Kayapo-Indianern, so habe ich gelesen, werden Mädchen, die sich nur einem Liebhaber hingeben, von denjenigen, die sie ebenfalls begehren, in den Dschungel verschleppt und vergewaltigt,

Szenen, die ich mir nicht nur einmal mit Wonne ausgemalt habe, und ich muß zugeben, daß ich in meinen Phantasien auch die Rolle des Mädchens einnahm,

halten Sie es für möglich, Herr Müller, daß ich in einem früheren Leben Frauen als Hexen verfolgt und gemartert, wenn nicht gar vergewaltigt und verbrannt habe,

daß Frauen mir zum Schmerzensquell werden, weil ich mich in einem früheren Leben an ihnen vergangen habe,

so abwegig Ihnen dieser Gedanke erscheinen mag, so abwegig ist er angesichts dessen, daß ich schon als Zehnjähriger den *Hexenhammer* besaß, auch wieder nicht,

mit dem Gedanken an frühere Leben packt mich die Angst, was für Leben mir noch bevorstehen mögen, ich möchte Ihnen aber mit meiner Angst davor, noch einmal und noch einmal und noch einmal zu einem menschlichen Leben verurteilt zu sein, nicht zu nahe treten, falls Sie zu den Menschen gehören, die nicht nur glauben, daß mit dem Tod nicht alles vorbei ist, sondern auch die Lehre der Wiedergeburt für etwas Tröstliches halten,

aber stellen Sie sich nur vor, Herr Müller,

ein weiteres Mal neun Monate lang durch den Leib und die Seele einer Frau hindurchzumüssen, deren Launen Sie ausgeliefert sind,

Sie haben es ja miterlebt, nachts in der Tankstelle, während Sie Ihre Würstchen aßen, wie sehr schwangere Frauen von ihren Launen regiert werden, wann immer ein verzweifelter Mann den Verkaufsraum betrat und ein Sortiment aus Eiscreme, Ölsardinen und Lakritze zusammenstellte, oder aus Schokolade, Matjesfilet und Tiefkühlpizza, das er an die Kasse trug, und nur ein stummes Nicken zustande brachte, wenn ich ihn fragte, ob er eine schwangere Frau zu Hause habe,

und stellen Sie sich nur vor, Herr Müller, ein weiteres Mal im wehrlosen Leib eines Säuglings gefangen zu sein, der die Welt über sich ergehen und sich von ihr traumatisieren lassen muß,

in einer Kindheit gefangen zu sein, die Sie formt, ohne daß Sie auch nur im mindesten auf die Idee kämen, daß Sie gerade geformt werden,

in einer Kindheit, in der Sie Exposition eines Themas sind, ohne die mindeste Ahnung von Thema und Exposition zu haben,

in einer Kindheit, in der Sie das Leben wieder neu erlernen müssen,

in der Sie erneut in die Täuschung und Gefangenschaft eines Ichs geraten,

als ein Kind, das mit seinem Leben verstrickt ist in die Geschichte der Eltern und ihrer Eltern und deren Eltern, in die Geschicke von Generationen, von denen es nichts ahnt und die ihm später keiner erzählt,

finden Sie nicht auch, daß jeder Mensch erfahren sollte, wie er gezeugt und geboren wurde, ob als Kind des Schmerzes einer unerfüllten Liebe, als Kind der Gewalt oder Angst, damit er nicht in fortwährender Unruhe des Herzens durch sein Leben gehen und nach dem Urgrund seiner Unruhe forschen muß,

sollte man ihm nicht schon von klein auf erzählen, was er in sich trägt, ihn durch den Familienkeller führen und mit allen Leichen bekannt machen, damit er beizeiten das Gruseln lernt,

als ich mich einmal, schon erwachsen geworden, im Familienkeller umsah, fand ich Aufzeichnungen meiner Urgroßmutter, die ebenfalls vom Schmerz des Geschlechts, vom Schmerz der Lust erzählen, *und ich trug wieder ein Kind unter dem Herzen,* hatte sie geschrieben, *und als es der Vater merkte, prügelte er mich mit einem Halfter so lange, bis er ganz blau war im Gesicht und keinen Atem hatte, ich kniete vor ihm nieder und bat ihn, er möge mich ganz erschlagen, es war an einem Sonntag früh, dann ging der Vater nach Altstadt und kam erst am Abend, ich bin gegen Abend zur Schwiegermutter gegangen und dort geblieben, ich war ganz zerschlagen, an einigen Stellen blutete ich und der ganze Körper war voll blauer Flecke,*

doch wenn Sie mich fragten, ob ich lieber das Nichts als den Schmerz gehabt hätte, würden Sie mich auf meinen elementarsten Widerspruch, meine innerste Zerrissenheit zurückwerfen, ich würde mich wie William Faulkner für den Schmerz entscheiden, und Faulkner wußte, wovon er sprach, Faulkner, der sich immer wieder tagelang ins Bett zurückzog, um sich mit mehreren Flaschen Whisky an seine Wurzeln zu trinken und im Delirium versunkenen Welten nachzuspüren, sie in die Nüchternheit zu retten und über sie zu schreiben,

auch ich habe mich schon einige Male an meine Wurzeln getrunken, aber dort nur Dinge gefunden, über die ich nicht schreiben kann, weil mir die Worte fehlen, oder nicht schreiben will, weil es mich umbringt,

ich habe mich in einigen Nächten mit Whisky bis dorthin getrunken, wo die Wurzel meines Übels ist, bis zu meiner Geburt,

ich war zu lang im Mutterleib geblieben und zu groß herangewachsen, ich paßte nicht durch den Geburtskanal, ich mußte halberstickt durch einen Kaiserschnitt gerettet werden, so habe ich mich ins Leben gemogelt, was mir vor der Erfindung des Kaiserschnitts unmöglich gewesen wäre, entweder gäbe es mich nicht, oder ich hätte durch meine Geburt meine Mutter umgebracht,

so habe ich mich vor der Geburt gedrückt, so habe ich mich vor der Erfahrung gedrückt, daß die Weiblichkeit sich schmerzhaft anfühlen und ich ihr Schmerzen bereiten kann, und muß seither immer wieder erleben, daß ich neu geboren werde und mit jeder meiner Geburten Schmerzen bereite, bei jeder Geburt meine Lust in Schmerz umkippt,

bin ich deshalb so versessen darauf, frage ich mich, das Aroma der intimsten Körperregionen meiner Liebsten zu schmecken, weil ich sie bei meiner Geburt nicht passiert habe,

ich habe mich mit Wodka bis in meine ersten Kindheitserinnerungen zurückgetrunken, Herr Müller, was ich lieber in einer von Ihnen eingerichteten Hausbar getan hätte als in meinem Arbeitszimmer, und habe meine Mutter als meine erste Geliebte vor mir gesehen, als die große und ideale und erfüllende Liebe meines Lebens,

ich bin in die Schwärze von damals zurückgestürzt, die mich überkam, als meine erste und ideale Geliebte sich erwachsenen Liebhabern zuwandte, die ich als ohnmächtiges Kind wie eine übermächtige Konkurrenz erlebte, die mir meine Untauglichkeit vorführten und meinen Lebenswillen auslöschten,

ich habe gefühlt, daß es dieselbe Schwärze ist, in die ich noch heute stürze, wenn ich meine Geliebte an einen anderen verliere,

ich habe mich in meinen hilflosen Wunsch zurückgetrunken, die Liebe wieder zu erringen, die der einzige Inhalt meines Lebens gewesen war,

ich habe mich an die Wurzel meines Schreibens getrunken,

ich sah mich in der Bibliothek meiner Mutter, umgeben von den Tausenden und Abertausenden von Büchern, die sie schon damals besaß,

ich spürte wieder den Fünfjährigen in mir, der die Liebe seiner Mutter zu Buchstaben und Worten auf Papier erkennt,

ich fühlte den ersten Stift in meiner Hand, mit dem ich begann, Buchstaben abzuzeichnen, um als lesender und schreibender Mensch die Liebe meiner Mutter zurückzugewinnen,

Sie können sich gewiß vorstellen, Herr Müller, daß ich mein Schreiben nicht mehr lieben konnte, nachdem ich von dieser delirierenden Reise zu seiner Wurzel zurückgekehrt war, daß ich lange Zeit kein Wort mehr zu Papier bringen konnte und alle bisherigen Worte am liebsten für alle Zeiten vernichtet hätte,

wie gern hätte ich, wieder nüchtern geworden, die Rettungsanker eines Malers ergriffen, ein Maler kann ja, wenn er nicht malt, immer noch seine Leinwände grundieren und dabei *Deutschlandfunk* oder *Bayern 2* hören, aber ein Schriftsteller, der in der vollkommenen Gefangenschaft eines leeren Raums, leerer Blätter und seiner eigenen Erinnerungen sitzt, Radio hört und dabei Bleistifte spitzt oder seine zehn Füllfederhalter mit zehn unterschiedlichen Tinten befüllt, begeht damit die letzte Handlung vor dem Suizid,

deshalb muß ich mich in ein Café retten, in eine Kneipe, in egal was für ein Lokal, Hauptsache, in einen Raum, der nicht mein eigener ist, den nicht ich selbst beseelen muß, was ich, Herr Müller, nur Ihnen bekenne, Ihnen bekennen *muß,* dagegen nicht mehr meinen Schriftstellerkollegen, die meine Schreibgewohnheiten für einen Manierismus aus dem vorigen Jahrhundert halten und mich für ein Fossil, ich weiß es, wenngleich sie es mir nicht sagen, sondern mich fragen, wie man sich in einem Café konzentrieren könne,

als ginge ich ins Café, um mich zu konzentrieren, geschweige denn, um Leute zu beobachten,

im Gegensatz zu Thomas Mann habe ich keinen Genuß daran, Leute zu beobachten, weil ich es für einen geradezu perversen Genuß halte,

während Thomas Mann ein Fernglas besaß, mit dem er jeden Besucher auf dem Weg von der Eingangspforte bis zur Haustür und nach dem Abschied von der Haustür bis zur Eingangspforte beobachtete, um Material für Menschenbeschreibungen zu haben, vermeide ich es, so gut ich kann, Menschen zu beobachten, und frage mich, ob ich überhaupt ein richtiger Schriftsteller bin,

weil es mich unglücklich macht, Menschen zu beobachten,

weil jeder Mensch, wenn ich ihn länger beobachte, mir leid tut dafür, daß er ist, wie er ist, spricht, wie er spricht, aussieht, wie er aussieht, mag er schön oder häßlich sein,

weil ich ihn wahrnehme wie mich selbst als einen unrettbar in sein eigenes Leben Verstrickten,

am allerschlimmsten aber, Herr Müller, leide ich, wenn ich Kinder beobachte, je kleiner sie sind, um so schlimmer, sie zu beobachten und daran zu denken, was sie noch alles vor sich haben, und zu wissen, daß sie sich selbst nicht wissen, und womöglich, wer weiß, sich niemals wissen werden,

oft genug, ging es Ihnen noch nie so, erscheinen einem ja alte Menschen wie faltig gewordene Kinder, trotz ihrer Falten einfältig geblieben, denen man am liebsten ein Spielzimmer einrichten möchte,

nein, nicht zum Beobachten gehe ich ins Café, loswerden will ich mich, was nirgendwo anders gelingt, *ohne Kaffeehaus*, sagte der Verleger Bruno Cassirer, *kann man überhaupt keine Literatur machen. Jeder Mensch ist im Café ein anderer als an seinem Arbeitsplatz. Dort entwickelt er seine verborgenen Eigenschaften und Wunschträume,*

natürlich kann es nicht jedes beliebige Café sein, gerade in Zeiten wie heute nicht, wo Kaffeehäuser oftmals nur noch Häuser sind, in denen es Kaffee gibt, der von amerikanischen Kettengastronomen in Maßkrügen ausgeschenkt wird,

das Publikum darf im idealen Café nicht zu laut sein, niemals dürfen sich also Kleinkinder und Hunde dorthin verirren, aber auch nicht zu ruhig,

das Personal darf sich nicht aufdrängen, darf aber auch nicht zu nachlässig sein,

falls Musik gespielt wird, darf sie sich dem Ohr nicht aufdrängen, kurzum, ein Ort muß es sein, an dem man freundlich und unaufdringlich umsorgt wird, an dem die Menschheit sich in ein angenehmes Hintergrundmurmeln verwandelt,

so daß dieser Ort in der Hölle der Welt zumindest für eine Weile zu einer feuerfesten Stube wird, in der man zumindest für eine Weile das höchste Glück erreicht, das nach Schopenhauer möglich ist, nämlich einen schmerzlosen Zustand bei gleichzeitiger Abwesenheit von Langeweile,

nur achtgeben muß man, daß man sich einen solchen Ort, hat man ihn gefunden, nicht selbst ruiniert, und darf ihn um keinen Preis im ersten Überschwang zu oft aufsuchen, wie ich es mit dem *Casablanca* getan habe, freilich mehr ein

Bier- denn ein Kaffeehaus und ein Ort, den Sie, Herr Müller, erschaffen haben könnten, weil dort alles vollkommen zueinander paßt, es ist, als wäre zuallererst der nostalgische, rot leuchtende Schriftzug *Lichtspiele* im Innenhof da gewesen, der sich vor schwarzem Hintergrund über den Kinoeingang und die beiden Fenster daneben schwingt, und alles andere hätte sich nach und nach um ihn gruppiert, der große Kinosaal mit Bühne, der kleine Kinosaal links neben dem Eingang, die Kneipe mit ihrer hölzernen Treppe zum oberen Kinosaal am Ende des Tresens und die Saloonschwingtür zur Herrentoilette, deren Scharniere das gleiche Quietschen vernehmen lassen wie die an der Klappe meines Kanonenofens im Arbeitszimmer, und die, ich bin mir sicher, absichtlich niemals geölt werden, um das vertraute Geräusch zu erhalten,

und da ich Ihre Liebe zu ebenso charmanten wie verschrobenen Details kenne, Herr Müller, bin ich mir sicher, daß Sie, hätten Sie das *Casablanca* gestaltet, auch für den Mangel an Nullen in den beleuchteten Schriftkästen über den Kinosaaltüren gesorgt hätten, weshalb manche Filmvorführungen für 19 Uhr 31 oder 21 Uhr 29 angekündigt werden müssen,

und gewiß auch für die Salzstangen, die zum Bier gereicht werden, als sollten sie den Gast über das Rauchverbot hinwegtrösten, schon bald entdeckte ich bei meinen Besuchen im *Casablanca,* daß dort das lebendige Inventar ebenso vollkommen zueinander paßt wie das tote, was zu bewirken natürlich außerhalb Ihrer Kräfte läge und was auch der Grund dafür ist, daß es mir versagt bleiben wird, von Ihnen mein Traumdomizil zu bekommen,

und so kam es, daß mir das Schreiben im *Casablanca* immer mehr entglitt,

im ersten Monat hatte ich mich an vielen Abenden, wann immer mir danach war, von 18 Uhr, wenn das *Casablanca* öffnete, bis Mitternacht, wenn es schloß, dem Schreiben hingegeben und mich nur zwischendurch, bei einer Zigarette pausierend, zu den Gästen am Rauchertisch gesellt,

hatte selbst an überfüllten späten Samstagabenden unbeirrt vom brodelnden Musik- und Stimmengewirr, das mich umgab, geschrieben, was Ihnen schwer glaubhaft erscheinen mag, aber wenn es still um mich ist, sind mir die inneren Gespenster zu laut,

bis sich das Verhältnis zwischen Schreiben und Pausieren allmählich immer mehr zuungunsten des Schreibens verschob, ein verhängnisvoller Vorgang auch deshalb, weil ich ohnehin mehr vertrinke, als ich mir erschreiben kann, und mir auch durch den längstmöglichen Satz, den ich mir ausdenke, nicht erschreiben könnte, was ich vertrinke, bis ich alle Thekenkräfte kannte, Kunststudentinnen allesamt,

Tabea, ein Naturtalent, die selbst bei Hochbetrieb am Tresen ein Signal wahrnimmt, das man ihr mit dem kleinen Finger gibt,

Isabell, die, ganz das Gegenteil, über ihren Tresengesprächen schon manchen Gast vor seinem leeren Glas verschmachten ließ,

Ilona, die mich mit einem strahlenden Lächeln zu grüßen pflegt, das mich stets peinlich berührt, weil ich unwillkürlich darüber nachdenken muß, ob ich womöglich am Vorabend in meinem Benehmen entgleist oder gar von einem der Barhocker gefallen bin, und dies, obwohl ich mich gut genug kenne, um zu wissen, daß mir zuerst das Artikulationsvermögen entgleitet und erst dann, nach weiteren zwei bis drei Bieren, die nicht zu trinken ich mittlerweile klug genug bin, der Rest meiner motorischen Fähigkeiten,

Sara, die, ganz das Gegenteil, schon die erste Bierbestellung mit einer Miene entgegennimmt, als mißbillige sie den Konsum von Bier,

Jasmin, die dem Gast, der sich als letztes Bier einen Schnitt bestellt, exakt null Komma fünfundzwanzig Liter in einem kleinen Glas kredenzt, weil sie, so vermute ich, befürchtet, mit einem zu großzügig bemessenen Schnitt dem Wirt zu schaden, mit einem zu sparsam bemessenen Schnitt den Gast zu kränken, die kurzhaarige Stefania, die nach dem Wohlbefinden des Gastes stets so fragt, daß man weiß, es interessiert sie wirklich,

bis ich jeden Gast kannte und jeder mich kannte,

Madame Boulanger, die den Tag meidet und die Nacht sucht, den Winter liebt und den Sommer nicht erträgt,

den Hausmeister, der keiner ist, nur so genannt wird, weil er im selben Haus wohnt, und der, ganz das Gegenteil von mir, einst jeden Monat das Herz einer anderen Frau gewann, ohne je sein eigenes zu verlieren, aber es heißt, man habe sein Bett schon lange nicht mehr quietschen hören,

Oblomow, den malenden und zeichnenden Philosophen, dessen Bildern, die aus dichten Bleistiftlinien gewoben sind, anzusehen ist, daß ihm Verstrickungen des Herzens nur allzugut bekannt sind,

Cornelia, die Dame an seiner Seite, die sich wünscht, unverstrickt zu bleiben,

Friedrich, der sich an den Äußerlichkeiten der Menschen festbeißt, ihre Seelen nicht erkennt und seine eigene Seele hinter Witzen verbirgt,

Anne, die Dame an seiner Seite, für die man unbedingt die vom Aussterben bedrohten Wörter *Liebreiz* und *Anmut* am Leben erhalten muß,

Marion, die den charmantesten Dialekt spricht, den ich kenne,

den Bücherwurm, der, ungleich mir, Bücher so sehr liebt, daß er stets eine kleine Bibliothek mit sich führt, und der, wer weiß, vielleicht aus demselben Grund liest, aus dem ich schreibe,

den Mohr, der keiner ist, nur nach der ersten Silbe seines Nachnamens so genannt wird, und von dem ich nicht weiß, nur ahnen kann, wie tief seine Herzensrisse sind,

den Narkosehans, der uns mit Gleichmut von den Unfallopfern aus den Zeitungsberichten erzählt, die leibhaftig vor ihm auf dem Operationstisch liegen, dem aber tragische Filme mehr als anderen Menschen zu Herzen gehen und der das *Casablanca* als sein *psychosomatisches Wohnzimmer* bezeichnet,

den Perser, den man Kadaj schreibt und Kadaadsch ausspricht, der als Taxifahrer nur die Nachtseite der Stadt kennt,

Antonio, den graubärtigen Maler und Gitarrenspieler, dem niemand Bilder abkauft, weshalb er Abend für Abend durch die Kneipen zieht und musiziert, und der mir einmal sagte, jeden Morgen beobachte er von seinem Küchenfenster aus ein turtelndes Taubenpärchen und denke darüber nach, warum das Lieben zwischen Menschen nicht ebenso unkompliziert sein kann wie zwischen Tauben, seither muß auch ich darüber nachdenken, warum das Lieben zwischen Menschen nicht ebenso unkompliziert sein kann wie zwischen Tauben,

ich glaube, es liegt daran, daß wir einander bei Namen nennen und die Tauben nicht,

daß wir Namen tragen, die unsere Eltern uns gaben, daß wir Gestalten bekamen, die unsere Eltern und Großeltern uns vererbten, und in Geschichten leben, die unsere Vorfahren uns hinterließen,

daß wir Verwunschene sind allesamt, die nicht bleiben dürfen, was sie sind, und einander schmerzhaft erlösen müssen,

weshalb wir in den Tiefen unserer Seelen ganz andere füreinander sind als an unseren Oberflächen,

weshalb das Feuer unserer Liebe dunkle Schatten tanzen läßt, die den Tiefen entspringen und unser Lieben in eine Schlacht verwandeln, in der wir als Eroberer und Eroberte abwechselnd Täter und Opfer sind, in beiden Rollen in Schmerz und Lust uns windend,

wenn ich Antonio wieder treffe, werde ich ihm all dies sagen, am Rauchertisch im Innenhof stehend, unter dem liebestoll rot leuchtenden Schriftzug *Lichtspiele* an der schwarzen Mauer, in der Hoffnung, er wird mich ebenso gut verstehen wie Sie, Herr Müller, oder gar, meine

Worte werden ihn zu einer Flamencokomposition inspirieren, zärtlich und wild, die das Rot zu flirrenden Violettnoten und Rosatönen vor türkis leuchtendem Himmel verwischt und das schwere Schwarz der Erde, das uns erwartet, wenn unsere Liebesglut zu Schall und Rauch geworden ist, in das leichte tanzende Grau des Staubes verwandelt, zu dem unsere Leiber zerfallen,

werde ihm sagen, daß das Lieben zwischen Menschen nicht so unkompliziert sein kann wie zwischen Tauben, weil wir aneinander Dinge zu erfüllen haben, von denen wir nichts ahnen, wenn wir einander zum ersten Mal begegnen,

weil die Liebe uns Fallstricke legt, in denen sich unsere Herzen verfangen,

weil Amors Pfeile Widerhaken haben, die sie zu lebenslang schmerzenden Stacheln in unseren Herzen machen,

manchmal frage ich mich, Herr Müller, ob uns nicht die Liebe zu schlimmeren Taten treibt als der Haß, und ob nicht manche von uns dazu verflucht sind, diejenigen zu verletzen, die ihnen am meisten vertrauen und die sie am meisten lieben,

ob ich auch das Antonio sagen würde, weiß ich nicht, es käme auf die Uhrzeit an und die Anzahl der Biere, die ich konsumiert habe,

nur mit Ihnen, Herr Müller, kann ich über all diese Dinge auch nüchtern reden, mit Antonio aber will ich meine Aufzählung der Gäste beenden, weil mein Satz mir sonst zu lang geriete, so lang, daß er mir zu entgleiten drohte,

es wird Sie angesichts meiner Schilderungen nicht wundern, daß ich das hervorragende Filmprogramm des *Casablanca* vernachlässige, weil mich das Programm, das die Stammgäste bieten, noch mehr fasziniert und weil mir das *Casablanca* in jenem Sommer und Herbst auch außerhalb seiner Kinosäle ein Ort der Bildermagie wurde,

bis heute frappiert mich, daß das Filmplakat *Der wundersame Katzenfisch* genau zu dem Zeitpunkt an der Bruchstelle zwischen Sommer und Herbst gegen *Ein Augenblick Liebe* ausgetauscht wurde, da ich einsehen mußte, tatsächlich nur einen Augenblick Liebe erlebt und mein katzengesichtiges Wasserwesen verloren zu haben,

was meinen Sie, Herr Müller, könnte diese Magie ihren Ursprung darin haben, daß im *Casablanca* die Farben Rot und Schwarz dominieren, Rot wie das Feuer der Liebe und Leidenschaft, Schwarz wie die Trauer und der Tod?,

wer wüßte besser als Sie, was Farben in einem Raum heraufbeschwören können,

weshalb ich es vertrauensvoll Ihnen anheimstellen würde, ob Sie in meinem Traumdomizil die Farben Rot und Schwarz dominieren ließen oder ob Sie sich dafür entschieden, daß es in meinem Falle besser wäre, eben diese Farben zu vermeiden, meine Wohnung unter strikter Vermeidung dieser Farben einzurichten, sie allenfalls in Form eines kleinen Grußes vorkommen zu lassen, etwa, indem Sie auf einem Beistelltischchen ein französisches Blatt plazierten, mit der lustroten Herzdame und dem todschwarzen Kreuzbuben obenauf, wie zufällig aufeinandergeworfen, in Wahrheit vom Schicksal zusammengeführt, damit sie für den Rest ihres Lebens vereint sind in einem immerwährenden *petite mort,* als Hauptfarbe meines Domizils aber statt dessen Blau wählten, um mir den Himmel auf Erden zu erschaffen und mir die Angst vor dem Meer zu nehmen, oder Grün, um in mir die Hoffnung auf eine glückliche Liebe zu wecken, erfüllen muß sie sich nicht, nur die Hoffnung möchte ich noch haben, oder Gelb, um mir alles wie in freundliches Sonnenlicht zu tauchen,

denn die Frage ist ja stets, ob man meiden soll, was einen peinigt, oder sich damit konfrontieren soll, eine der Grundfragen des Lebens, das wissen Sie so gut wie ich, aber die Antwort wissen Sie gewiß besser als ich, der ich mehr Fragen als Antworten habe,

so frage ich mich auch, wenn ich ans *Casablanca* denke,

wenn ich im *Casablanca* schreibe,

wenn ich nach Mitternacht betrunken aus dem *Casablanca* stolpere,

ob Thomas Mann und Arno Schmidt überhaupt richtige Schriftsteller sind, so buchhalterisch, wie sie in der Abgeschiedenheit ihrer Arbeitszimmer ihr tägliches trockenes Pensum zu festgelegten Arbeitszeiten erledigten,

nur eine Frage gibt es, auf die ich nicht nur eine Antwort habe,

die Frage nämlich, die ich in meinem Leben schon allzu oft gehört habe, wie es denn möglich sei, daß Gott, gäbe es ihn denn, den Tod von Hunderten von Menschen zulassen könne, sei es, daß ein Attentäter sie mit sich selbst in den Tod reißt, sei es, daß zwei Eisenbahnzüge zusammenstoßen, was auch immer es sei,

was für eine Frage, Herr Müller,

ebensogut könnte ein Mensch fragen, wieso Gott es zulasse, daß er die Treppe hinunterfällt und sich ein Bein bricht,

wann immer ich diese Frage höre, kommt es mir vor, der Fragende bilde sich ein, die Welt müsse so sein, wie meine Großmutter sich das irdische Paradies der Zeugen Jehovas vorstellte, und muß darüber nachdenken, wie er sich vorstellt, daß Gott eingreifen sollte,

ob er die kindliche Vorstellung hat, ähnlich der, die ich hatte, wenn ich als Fünfjähriger bei meiner Großmutter die Weltuntergangsszenen im *Wachtturm* ausmalte, eine gewaltige Hand müsse aus dem Himmel erscheinen und den Attentäter ergreifen oder die kurz vor der Kollision sich befindlichen Züge abbremsen,

falls er aber glaubt, Gott könne unsichtbar und unmerklich eingreifen, wie will er dann wissen, ob ein mögliches Unheil, das beinah geschehen wäre, aber eben doch nicht geschah, von Gott verhindert wurde,

am meisten indes wundert mich, wie jemand fragen kann, warum Gott den Tod unschuldiger Menschen zuläßt,

wären wir unschuldig allesamt, so wären wir ja gar nicht hier, wären nicht dazu verdammt, als Sterbliche in einer Welt zu erscheinen, in der man so ungleich mehr Möglichkeiten hat, von Unglück getroffen zu werden als von Glück,

und schließlich fehlen mir die Worte, Ihnen zu sagen, wie erbärmlich phantasielos ich die Frage finde, wie Gott ein Unglück zulassen kann, das Hunderte oder Tausende von Menschen in den Tod reißt,

als ginge es nur darum, daß Gott etwas verhindern soll,

und dabei ist es mir völlig egal, ob es einen Gott oder mehrere gibt, ob es Götter oder Göttinnen sind, wenn jemand schon meint, die Welt müßte anders oder besser sein, so könnte er doch zur Abwechslung auch fragen, warum Gott es zuläßt, daß wir einen Teil unserer Lebenszeit an das Ausfüllen von Steuererklärungsformularen verschwenden müssen,

oder noch viel mehr, warum er es zuläßt, daß der Mensch sich an der Schöpfung vergreift und Flüsse zu Kanälen betoniert, warum Gott nicht den Rhein-Main-Donau-Kanal von himmlischen Heerscharen sprengen oder Genrapsfelder abfackeln läßt,

oder warum Gott nicht dafür sorgt, daß das Leben ein einziges Ficken ist, eine lustvolle immerwährende Orgie, in der alle erotischen Phantasien sich erfüllen, in der alle Menschen mindestens fünfmal täglich voll Liebe und Leidenschaft übereinander herfallen, seien sie fünfzehn oder fünfundneunzig Jahre alt,

daß die Welt ein einziges Lustparadies ist, in dem man sich ohne Herzensrisse nur für den Augenblick verliebt, im wirklichen Leben wie auch in seiner Playmobilversion,

wo das Cowgirl den Cowboy reitet,

wo der Energy Man aus der Zukunftswelt seine Energie an die Rock Woman loswird

und wo der Steinzeitmann nach der Mammutjagd im Schatten des Feuerfelsens über die Steinzeitfrau herfällt, um schon die Kinder auf eine Welt vorzubereiten,

in der die Pausenglocken in allen Schulen ein viertelstündiges Ficken zwischen Physik und Erdkunde, Französisch und Biologie einläuten,

in der Krankenschwestern dazu da sind, Patienten zu verführen, Klempnerinnen Hausmänner und Pizzaempfängerinnen Pizzaboten,

in der Badenixen sich willig von Bademeistern verführen lassen, Klavierschülerinnen von Musiklehrern und Fotografinnen von Porträtkunden,

in der alle Betten und Matratzen vor dem Kauf ausgiebig getestet werden, von Möbelverkäufern und ihren Kundinnen ebenso wie von Möbelverkäuferinnen und ihren Kunden,

auf daß jeder Mensch jeden Abend erotisch erfüllt und beglückt zu Bett gehe, selig schlummernd in Erwartung der erotischen Freuden des nächsten Tages,

aber Sie müssen entschuldigen, Herr Müller, eigentlich bin ich gar nicht so,

nur werde ich angesichts der aufgeklärten Blutleerheit, die mir aus solchen Fragen entgegenkommt, aus dieser zurückgelehnten Pose der übereinandergeschlagenen Beine, die nur allzu deutlich die armselige Skepsis ausdrückt, der gegenüber die jenseitige Welt sich zu beweisen habe, von dem Bedürfnis gepackt, gerade extra und erst recht eine richtige Drecksau zu sein, wüst, verdorben und pervers,

ich kann Ihnen nur sagen, kommen Sie mir bloß niemals mit dem Wort *Studie,* Herr Müller, oder ich vergesse mich,

und wenn wir schon dabei sind, jetzt, wo ich in Stimmung bin, will ich Ihnen sagen, was mich noch alles aufregt, auch das müssen Sie ja wissen, wenn Sie mich kennenlernen wollen,

denn mein ideales Domizil soll sich gefälligst nach meinen Launen richten, nicht ich mich nach seinen, ja, so bin ich, wenn auch nicht immer, aber lassen Sie mich den Augenblick nutzen,

lassen Sie mich Ihnen also sagen, wie sehr mich das Schwadronieren von Gerechtigkeit aufbringt,

denken Sie nur, Herr Müller, ich würde verlangen, den glücklich Verliebten solle ein wenig von ihrem Verliebtsein genommen und den unglücklich Verliebten gegeben werden, vorgeblich, damit es gerecht zugehe auf der Welt, in Wahrheit aber, weil ich mein Leben so, wie es ist, nicht hinnehmen kann, und mir einbilde, daß ich es besser haben müßte,

doch glauben Sie mir, seit ich der Goldhaarigen begegnet bin, seit ich sie spüren und schmecken und lieben durfte und wieder verlor, weiß ich besser, wer ich bin, als ich es vorher wußte, kenne mein Schicksal besser, als ich es vorher kannte, und käme niemals mehr auf die Idee, es ändern zu wollen, zumal ich gar nicht wüßte, wie,

eine Partei, die fordert, daß Verliebensgerechtigkeit in der Welt herrschen sollte, brauche ich ganz gewiß nicht zu gründen,

oder, Herr Müller, um auf ein anderes Thema zu kommen, lassen Sie mich Ihnen sagen, wie es mich aufbringt, wenn ich lese oder höre, es wäre besser, Religion ganz abzuschaffen, sie aus der Welt zu verbannen, auf daß endlich Ruhe und Frieden herrsche, da aller Unfrieden in der Welt dem Aufeinandertreffen der unterschiedlichen Religionen entspringe,

doch was wäre der Mensch ohne Religion, frage ich Sie, Herr Müller,

sollen wir uns denn nur noch für wissenschaftlich definierte Materieansammlungen halten,

brauchen wir denn nicht die Gewißheit, daß wir mehr sind als nur irgendwelche zufällig entstandenen Zellhaufen,

wer heute Religion meint, meint in Wahrheit die ritualisierten Ausübungsformen, zu denen sie verkommen ist, fernab von Innerlichkeit und wahrer Religiosität,

müßte sich ein wahrhaft religiöser Mensch, so denke ich mir, nicht sagen, daß alle, die ihn umgeben, Gottgeschaffene sind, mögen sie ihm passen oder nicht,

daß nicht das Diesseits Glück und Vollkommenheit verheißt,

daß diese Welt nicht dafür da ist, irgendjemandes Vorstellungen von richtig und falsch zu erfüllen,

vielleicht kommt man der Wahrheit am nächsten, wenn man sich die Welt als ein ungeheures und ungeheuerliches Kunstwerk denkt, das sich, nachdem es erschaffen wurde, vom Erschaffenden abgespalten hat, der danach nichts mehr daran ändert, selbst wenn er es könnte,

weil es ebenso lächerlich wäre, als wolle Herr Wahnschaffe noch Jahre nach Vollendung eines Werks in die Ausstellung gehen, in der es hängt, oder zum Käufer seines Bildes, um nachträglich daran herumzuradieren, etwas zu ergänzen oder auszubessern,

aber damit bin ich noch nicht am Ende, Herr Müller, ich muß Ihnen auch noch sagen, wie es mir, verzeihen Sie, auf den Sack geht, daß ich fortwährend Bekenntnisse zum Gutsein ablegen soll, immerfort bekennen soll, daß ich auch ganz bestimmt nichts gegen Männer habe, die Männer lieben, Frauen, die Frauen lieben, daß ich auch ganz gewiß niemanden geringschätze, dessen Haut eine andere Farbe hat als meine, immerzu Bekenntnisse und Gelöbnisse, für die man mir in früheren Zeiten einen Platz im Himmel versprochen hätte,

heute aber soll man ganz ohne Himmelreichversprechen dazu genötigt werden, ein guter Mensch zu sein, weshalb die Menschen immer bösartiger werden, wie man Tag für Tag auf den Straßen beobachten kann,

glauben Sie mir, ich habe gegen keinen Menschen etwas, aber ich will es nicht ständig bekennen müssen,

und eines noch, Herr Müller, mag es Sie auch befremden, mich widert dieses Demokratiemarionettentheater, das man uns als größte Glückseligkeit auf Erden verkauft, schon seit Jahren, Jahrzehnten an, insbesondere zu Wahlzeiten natürlich, wenn mir auf Wahlplakaten eine Kollektion Gesichter angeboten wird, eines dümmer als das andere, aus denen ich mir eines aussuchen soll,

mich erinnert dies immer mehr an die Speisekarten von Pizzalieferdiensten, wo ich aus Dutzenden von Speisen auswählen soll, von denen eine falscher geschrieben ist als die andere, worauf mir sofort der Appetit vergeht,

auch, weil ich mir denke, wie sorgfältig bereitet jemand Speisen zu, der sich einen Dreck darum schert, sie sorgfältig zu schreiben,

und wie entwürdigend ist es denn, für beide Seiten, wenn man Menschen zur Wahl anpreist, wie kann man einen Menschen denn noch mehr entwürdigen, als ihn auf idiotische Fotos zu zwingen, um andere dazu zu bringen, ihn zu wählen, schlimmer geht es doch gar nicht mehr, Herr Müller,

wenn ich Sie jemals grinsend auf einem Wahlplakat sähe, verhundertfacht, vertausendfacht, wären Sie für mich erledigt, ein für allemal, und mein Vertrauen in Sie wäre für alle Zeiten dahin,

weil ich nur allzugut wüßte, daß Sie ebenso dümmlich grinsend in Hunderten von Bierzelten Fässer angestochen hätten, um sich beim Wahlvolk anzubiedern, und, je nach Wahlkreis, öffentlich Hunderte von Karpfen mit Kartoffelsalat oder Schweinebraten mit Kloß hinuntergewürgt hätten, um sich volksnah karpfenessend oder schweinebratenessend für die Zeitung ablichten zu lassen,

und weil ich mir denken könnte, daß Sie nur mit einer wohldosierten Mischung aus Machthunger, Verschlagenheit, Opportunismus und Ellbogeneinsatz an diese Position gekommen wären, mit einem Charakter also, den ich mir von niemandem wünsche, der über mich bestimmen will,

nein, Herr Müller, ich kann Sie nur inständig bitten, bleiben Sie König in Ihrem Reich, das Sie sich selbst erschaffen haben, und lassen

Sie sich niemals vom König zum Bundeskanzler degradieren, tauschen Sie Ihre Buntheit niemals gegen einen grauen Anzug ein, sonst ist es vorbei mit Ihnen, und keiner Ihrer Wohnpatienten kann mehr König werden in einem Reich, das Sie ihm erschaffen,

lassen Sie mich Ihnen abschließend nur noch sagen, daß ich die gesamte moderne Welt nicht ertrage, in die ich Tag für Tag erwache,

mitsamt ihren verlogenen Warnhinweisen,

ihren akustischen Zumutungen in Gestalt von Registrierkassen und Mobiltelefonen,

ihren vollautomatischen U-Bahnen, in denen man bei jeder Fahrt mit der Bedrohung leben muß, im Tunnel stehenzubleiben,

um aber, damit ich mich wieder beruhige, auf die Salzstangen zurückzukommen, die im *Casablanca* zum Bier gereicht werden, so verhindern sie nicht, daß ich zuweilen, abhängig vom Grad meiner Trunkenheit, nach meiner Dienstzeit als Kneipengast die U-Bahn-Station Aufseßplatz aufsuche, nicht, um mit der U-Bahn zu fahren, ich wohne ja nur fünf Minuten zu Fuß vom *Casablanca* entfernt, sondern um, wie Sie sich gewiß schon gedacht haben werden, im Verteilergeschoß einen der Automaten aufzusuchen, die Kartoffelchips feilbieten, um dann, die Tüte leerend, am Eingang des ehemaligen Kaufhauses *Schocken* zu stehen und das nächtliche Leben auf der Straße, in der ich seit zwanzig Jahren wohne, zu beobachten,

und mich dabei mit Vorliebe dann, wenn ein Schleier sanften Nieselregens über der sommerlichen Stadt liegt, den blödsinnigsten Gedanken hinzugeben, vom Wasser in der Atmosphäre und auf dem Asphalt ebenso inspiriert wie von den Kartoffelchips auf meiner Zunge,

an nichts läßt sich, so denke ich mir dann, der Fortschritt der Menschheit so trefflich ablesen wie an der Kartoffel, die sich niemals, während sie träumend im Acker ruht, vorstellen könnte, was ihr bevorsteht, wenn sie das Licht der Welt erblickt und ihr Kartoffelleben beginnt,

daß sie nämlich bis zur Unkenntlichkeit eines Instantkartoffelpüreepulvers entstellt werden kann und bis zu ihrem Verzehr bunt eingekleidet in Lagerhallen und Supermarktregalen hausen wird,

oder fritiert und in Scheiben geschnitten in einem Warenautomat, in dem sie rund um die Uhr zur Verfügung steht, bis sie eines Nachts zu später Stunde von mir herausgezogen wird,

ich muß in diesen Augenblicken an Fallada denken, Herr Müller,

Hans Fallada, der, bevor er ein richtiger Schriftsteller wurde, viele Umwege ging, der in einem Berliner Kartoffelgroßhandel arbeitete und auf ostpreußischen Gutshöfen als Gehilfe des Verwalters,

und der als junger Mann eintausendzweihundert Kartoffelsorten nach Form und Farbe voneinander unterscheiden konnte,

ich weiß nicht, worüber ich mehr staunen soll, ob über diese mir ganz unglaublich erscheinende Fähigkeit, da ich ja gerade einmal Boskopäpfel von Granny Smith unterscheiden kann, nicht jedoch Erdäpfel voneinander,

oder noch mehr darüber, daß es überhaupt einmal so viele Kartoffelsorten auf dem Markt gab,

ein Glück für Fallada aber, denke ich mir, daß er nicht mehr erleben mußte, wie die eintausendzweihundert Kartoffelsorten zu einem gefühlten Dutzend wurden, die nur noch durch die Unterscheidung in Salt & Pepper, Salt & Vinegar, Cheese & Onion, Red Chili, Currywurst Style und so fort Vielfalt vorgaukeln, bestimmt hätte er die Welt nicht mehr verstanden,

ob es sein kann, denke ich mir in jenen nächtlichen Minuten, in denen man von Denken wahrlich nicht mehr reden kann, daß die Kartoffel vorführt, was mit dem Menschen geschah und geschieht,

nämlich, daß es früher einmal Menschenarten gab, die jetzt rar geworden sind, fast ausgestorben, und daß der eigenartslose Mensch seine Eigenartslosigkeit ausgleicht, indem er Scheineigenarten vor sich herträgt, sie wie Plaketten an sich heftet, sich in sie hineinverpackt wie in eine bunte Kartoffelchipstüte, anstatt daß er einfach er selbst ist,

mir geht nicht nur an Veganern auf die Nerven, daß sie jedem erzählen müssen, daß sie es sind, ob man es hören will oder nicht, anstatt daß sie ohne viele überflüssige Worte so leben, wie sie es für richtig halten,

niemals aber kommt die Kartoffel, was auch immer der Mensch mit ihr anstellen mag, in ihren Wandlungen dem Wasser gleich, denke ich mir in jenen nächtlichen trunkenen Minuten,

dem Wasser, Herr Müller, das die tagsüber so graue Straße, in der ich seit mehr als zwanzig Jahren lebe, des Nachts im Widerschein von leuchtenden Lokal- und Ladenschildern mannigfarbig erstrahlen läßt,

dem Wasser, Herr Müller, das Ihnen, gerade Ihnen als kühler Morgentau erscheinen kann, als weicher zerrinnender Schnee, als gefrorene Tränen, als rauschendes Bächlein aus dem Felsenquell, als heller, wilder Fluß, als Regen glühender Tränen, ungebändigt als Flut, gebändigt als abgefülltes Wasser im Supermarktregal, dabei doch immer als Wasser erkennbar, es sei denn, es vermählt sich mit der Sonne zu einem

Regenbogen, um ihr Gold vielfarbig erstrahlen zu lassen,

dem Wasser, Herr Müller, das vielleicht, wer weiß, ein einziges großes Lebewesen ist und uns damit sagt, wer wir in Wahrheit sind, Tropfen allesamt, deren jeder an seine Besonderheit glaubt oder sie sich ersehnt, dabei aber doch nur als Schweiß oder Träne seine Spur hinterläßt und sogleich wieder vergeht, sterbend aufsteigt zum Himmel, um Wolke zu werden und hinabregnend als ein anderer neu geboren zu werden, sacht nieselnd oder heftig gewitternd zur Erde niedergehend, so unterschiedlich kann das Geborenwerden des Wassertropfens aus den Wolken sein, dieweil er als Sterbender stets auf dieselbe Weise sein irdisches Dasein verläßt, sanft sich auflösend zum Himmel gehoben,

manchmal, ganz im Vertrauen, Herr Müller, fühlt sich in diesen nächtlichen Momenten mein Leben für mich an, als wäre ich schon tot, was Sie keinesfalls mißverstehen dürfen,

es ist nur bisweilen so, daß mir die Menschen, die mich umgeben, lebendiger vorkommen, als ich mich fühle, daß ich das Gefühl habe, mich gehe das Leben eigentlich gar nichts mehr an, mir liege gar nichts mehr daran, ob ich noch lebe oder nicht, doch dürfen Sie nicht glauben, ich würde darunter leiden, ganz und gar nicht, vielmehr fühlt es sich so an, als mache mich die

Gleichgültigkeit, die ich mir erworben habe, erst lebensfähig,

so, als wäre ich der einzige Nüchterne unter Trunkenen, ein Gefühl, das einem sogar Vergnügen bereiten kann, mehr Vergnügen, als wäre man der einzige Trunkene unter Nüchternen,

es sei denn, die Trunkenheit kommt vom Verliebtsein, nicht von berauschenden Getränken,

meinen Sie, es könnte ein Hauptfehler meines Charakters sein, daß ich mich nur dann lebendig fühle, wenn eine Frau mich zum Leben erweckt, mir neues Leben schenkt, und augenblicklich tot, wenn meine Liebe, oder das, was ich dafür halte, an ihr abprallt, als wäre ich einem Trugbild erlegen,

weshalb ich den Eiscremewerbespot im Kino, in dem ein junger Mann im Sommerhitzedelirium der Verlockung einer eisessenden jungen Dame erliegt und sich mit Anlauf und einem gewaltigen Sprung zu ihr wirft, um sodann von einer Plakatwand mit Eiscremewerbung abzuprallen, noch nie lustig gefunden habe,

grübeln Sie bereits darüber nach, Herr Müller, wie Sie diesem gravierenden Charakterfehler, den ich durch mein Leben schleppe, beikommen können,

wie er durch das ideale Domizil ausgeglichen werden könnte, damit ich mich wenigstens zu Hause lebendig fühle, wie Sie mir eine Wohnung einrichten könnten, in die ich mich jeden Tag ebenso verliebe wie in die Goldhaarige, weil sie mich Tag für Tag ebenso verlockt, ebensosehr verzaubert und bezaubert, wie es der Goldhaarigen gelang,

am Ende aber würden Sie gewiß zum Ergebnis kommen, daß es ebenso unmöglich ist, mich durch die ideale Behausung zum Leben und Lieben zu erwecken, wie einem Kunden im nordböhmischen Most einen Wohntraum zu erfüllen, weil ich ja viel mehr aus der Sehnsucht lebe als aus der Erfüllung, mein Ideal nicht in der Nähe, sondern nur in der unerreichbaren Ferne finde, so gern ich es auch anders hätte,

weshalb ich es auch liebe, des Nachts die Fenster meiner Wohnung, in der ich stets ein Willkommenslicht brennen lasse, wie ein Fremder zu betrachten, der eine anheimelnde Oase dahinter wähnt,

so daß Sie vor der unlösbaren Aufgabe stünden, mir ein Domizil mit verheißungsvoll goldenen Wänden zu gestalten, die ich stets nur vorübergehend erreichen kann,

die mir vorgaukeln, daß ich zwischen ihnen zu Hause sein könnte, mich ebenso willkommen fühlen könnte wie zwischen den Schenkeln der Goldhaarigen, oh ja, Herr Müller, dies nur Ihnen gesagt, Herr Müller, ganz unter uns, Herr Müller, selten war es mir vergönnt, mich als Mann so sehr willkommen zu fühlen wie bei ihr, auch wenn sie mich, wie ich einsehen mußte, gar nicht liebte,

bis heute kann ich nicht verstehen, wie es geschehen konnte, daß ich mich, als es begann, von ihr geliebt fühlte, wie es möglich ist, daß man sich so sehr täuschen kann, daß es einem *süßen Wahn* gleichkommt,

vielleicht sind die goldenen Wände aber auch gar nicht so wichtig, Herr Müller,

vielleicht müßten Sie nur das Kunststück zuwege bringen, mir die ersten Begegnungen mit meinem neuen Domizil in die Magie des scheinbaren Zufalls zu tauchen, so daß ich gar nicht auf die Idee käme, die Wohnung könnte von Ihnen sein, ja, vielleicht wäre es die größte Leistung, die Sie überhaupt vollbringen könnten, mir mein ideales Domizil nicht als das Ergebnis meines Auftrags und Ihres Wirkens erscheinen zu lassen, sondern als Fügung, als Walten der Schicksalsmächte,

je verzweifelter ich aber darüber nachdenke, warum ich die Goldhaarige nicht vergessen kann, um so weniger gelingt es mir natürlich, sie zu vergessen, ihren Geruch, ihre Haut, ihre Augen, ihren Mund, ihr Haar, selbst ihre Füße gar,

vielleicht, Herr Müller, auch wenn ich es nur ungern zugebe, selbst Ihnen gegenüber, liegt meinem Unglück eine Eitelkeit zugrunde, deren

Ausmaß mein Begreifen übersteigt und die dazu führt, daß ich im Übermaß gekränkt bin, wenn eine wunderbare Goldhaarige sich wieder von mir abwendet, nachdem sie von mir gekostet hat,

weil ich mir einbilde, daß etwas in mir ist, sein könnte, nein, sein muß, tief unterhalb meiner Oberfläche, die zugegebenermaßen nicht sehr verlockend ist, das man lieben könnte, sobald man es entdeckt,

oder täusche ich mich, bestehe ich vielleicht nur aus einem einzigen Nichts, und halten Sie es für möglich, daß die Goldhaarige zu bald die Nichtigkeit in mir entdeckt und sich deshalb von mir wieder abgewendet hat,

eine Nichtigkeit, die auch durch die vollkommenste Behausung Ihrerseits nicht ausgeglichen werden könnte,

doch um auf den eigentlichen Anlaß meines Satzes zurückzukommen, auf die elementarsten Probleme, die mit dem Wohnen verbunden sind, will ich Ihnen erzählen, daß ich bei einem meiner trunkenen Kartoffelchipseinkäufe Sergio aus der Schweiz kennengelernt habe, der im Zwischengeschoß der U-Bahn-Station ein heimliches Quartier bewohnte, in einem leerstehenden Laden neben der McDonald's-Filiale, den komplett zu verschließen man versäumt hatte,

Sergio, der in Zürich, wie er mir sagte, mit Immobiliengeschäften Millionen verdient hatte, aber mir verschwieg, wie es dazu kam, daß er in Nürnberg lebt und ein Wohnkünstler werden mußte,

ein Wohnkünstler, der U-Bahn-Stationen und Selbstbedienungszonen von Bankfilialen in ein vorübergehendes Zuhause verwandeln kann und davon schwärmte, wie er die Zeit ab null Uhr fünfundvierzig genieße, wenn die Wachleute vom Sicherheitsdienst alle Zugänge verschlossen hätten und die ganze U-Bahn-Station ihm gehöre,

freilich ist er mit seiner Art der Wohnkunst, der Wahl seiner Quartiere ein Getriebener und Gejagter, dem kein langes Verweilen vergönnt ist,

ich mußte bei Sergios Worten darüber nachdenken, Herr Müller, ob Sie, falls Sergio jemals wieder zu Geld käme und Ihr Kunde würde, imstande wären, auch ihm das ideale Domizil einzurichten, ob Sie das Geheimnis der idealen Orte durchdrungen haben,

ideal ist ein Ort, wenn er so wirkt, als wäre er schon vor Ihrer Zeit so gewesen, wie er ist, und als würde er Ihr Leben überdauern, was ganz besonders für Friedhöfe gilt,

ideal ist ein Ort auch dann, wenn er Ihnen das Gefühl gibt, daß Sie um ihn bangen müssen, daß Sie Angst haben müssen, ein Immobilienhai könnte über ihn herfallen, ein Investor, der die

Verletzlichkeit des Ortes wittert und damit auch seinen eigenen, fast mühelosen Sieg im Eroberungskampf, was stets einen Sieg von Zweck über Sinn bedeutet,

an einem idealen Ort wie dem *Casablanca*, den man sich ideal halten muß, was nur gelingt, indem man ihn nicht überstrapaziert, kehrt man in den Zustand zurück, in dem man sein Leben noch nicht gelebt hat, an den Ort, an dem man flüssig ernährt wurde, wo man sich in einer Blase befand, zu der die Menschheit nur als unverständliches Hintergrundmurmeln vordrang, ohne daß man jedoch von einer Frauenseele umgeben ist,

kein *gender mainstreaming* wird je etwas daran ändern, daß jedes Menschen Weg in die Welt durch eine weibliche Seele führt, es sei denn, die Wissenschaft verfällt eines Tages auf die Idee, der Menschheit ihre künstlichen Zeugungen und Geburten als die einzig wahren, weil gleichberechtigten erst einzureden, dann aufzuzwingen,

ich weiß nicht, wie ich es Ihnen sagen soll, Herr Müller, was mir am Begriff des *gender mainstreaming* so suspekt ist,

vielleicht beginnt es schon damit, daß ich in der Frau nicht das Gleiche suche, sondern das andere, das, was ich nicht bin und niemals sein kann, so suche ich in Frauen die Lebensklugheit, die ich nicht habe,

die Verbindung zu einem Urgrund des Seins, zu einer Quelle des Lebens, die mir fehlt,

vielleicht beginnt mein Unbehagen aber auch damit, daß ich noch nie das Gefühl hatte, mir sei mein Geschlecht anerzogen worden, es vielmehr als die Wurzel meines ganzen Daseins wahrnehme, wie ich auch umgekehrt Frauen als Menschen wahrnehme, denen ihr Geschlecht nicht anerzogen wurde, sondern angeboren ist, wäre es anders, würden sie mich gar nicht interessieren,

oder damit, daß ich noch nie den Wunsch verspürt habe, mich vom unbarmherzigen Mahlwerk der Wirtschaft gleichberechtigt zerreiben zu lassen und ihm für Karriere und Aufstiegschancen meine Seele zu verkaufen,

meinen Sie nicht auch, Herr Müller, das grundlegend unterschiedliche Dasein von Männern und Frauen beginnt schon damit, daß der Mann bei der Geburt seine erste Trennung vom anderen Geschlecht erlebt, daß er vom Gegengeschlecht geboren wird, die Frau dagegen vom eigenen,

und geht weiter damit, daß ein Mädchen, das zur Frau erblüht, viel Glück haben muß, nicht von der eigenen Mutter dafür gehaßt zu werden,

daß ein Mann niemals erleben kann, wie Leben in ihm heranwächst, weshalb ein Mann es niemals so lieben kann wie eine Frau, die es lieben muß wie ein Künstler sein Werk,

nur ein Mann kann das Leben verwerfen und den Gedanken zu Papier bringen, er halte das Leben für eine lästige Unterbrechung des seligen Nichts,

hatten Sie noch nie den Eindruck, Herr Müller, daß Schönheit wie Häßlichkeit für Frauen ein größerer Fluch ist als für Männer, und hatten Sie noch nie Bedenken, daß die Wissenschaft uns eines Tages einreden wird, nicht nur das Geschlecht, auch die Hautfarbe eines Menschen sei etwas, was ihm anerzogen wurde,

und selbst wenn dem so wäre, daß das Geschlecht nur eine Rolle ist, selbst wenn,

so frage ich mich dennoch, worin das Bemühen wurzelt, sie um alles in der Welt abstreifen und abschaffen zu wollen,

als bilde man sich ein, ohne Rolle besser durch dieses Welttheaterstück, diese von Komödien durchsetzte Welttragödie hindurchzukommen, ein Irrtum, wie ich finde, zumal ich das Gefühl nicht loswerde, selbst noch nackt vor Ihnen eine Rolle zu haben, die ich nicht abstreifen kann,

und überlegen Sie nur, Herr Müller, was dabei herauskäme, wenn man nicht nur dort, wo Menschen ihrem gleichberechtigten Verbrauch zugeführt werden, sondern auf jedem Gebiet für vollständige Gleichheit sorgen wollte, etwa, indem man Schulmädchen vorschriebe, Musikkapellen zu gründen, auf daß sie wie Minnesängerinnen das männliche Geschlecht verehren und lobpreisen,

oder indem ein Gleichstellungsbeauftragter darüber wachte, daß Heiratsanträge zu fünfzig Prozent von Frauen gestellt werden, die dazu vor ihrem auserwählten Mann niederknien,

oder indem eine Gleichstellungsbeauftragte kontrollierte, ob Herr di Molina die Vorschrift erfüllt, exakt ebenso viele männliche wie weibliche Aktdarstellungen zu erschaffen,

ich wage nicht, mir auszumalen, was man ihm damit antun würde,

nicht, daß ich mich Herrn di Molina nicht gern als Modell zur Verfügung stellen würde, wenn es darauf ankäme, aber seine Freude an einem Modell wie mir wäre eine ungleich geringere als an den liebreizenden Damen, die er mit Früchten dekoriert, was seine gesamte Freude an der Kunst trüben könnte, bis zur Erlöschung seiner Schaffenskraft,

wobei ich mich des Eindrucks nicht erwehren kann, daß jener von di Molina favorisierte Damentyp im Aussterben begriffen ist, hingegen immer mehr Frauen die Welt bevölkern, die der festen Überzeugung sind, ein Mann müsse ihren Doktortitel erregend finden, all diese Gedanken, die mir Unbehagen bereiten, werde ich nur an einem idealen Ort wie dem *Casablanca* los, weil ich mich dort so fern von meinem Leben fühlen kann, als hätte ich es noch gar nicht gelebt, an einem solchen Ort kann ich zu den Quellen der Inspiration tauchen, um die geht es ja, um Inspiration, nicht Konzentration,

finden Sie es nicht auch befremdlich, wie es möglich ist, daß gerade diejenigen, die zu Hause vor den Bildschirmen ihrer Rechner sitzen und ihre Benutzeroberflächenliteratur in die Tastatur hacken, diejenigen, die ihre verkaufsfähigen Manuskripte zwischen Facebook und E-Mails erstellen, von Konzentration sprechen,

fragen Sie sich nicht auch, was man am Schreiben lieben kann, wenn man niemals einen edlen Bleistift über edles Papier gleiten läßt, wie ein Mensch überhaupt schreiben kann, ohne sich in der eigenen Handschrift wiederzufinden,

wie man das Schreiben aushält, wenn es von *klackklackklack* begleitet ist,

jede Kunst, Herr Müller, muß an Material und Sinnlichkeit gebunden sein, um so mehr, je mehr sie in ihrem Wesen immateriell ist,

keine Aufnahme der Bachschen Cellosuiten wird je die Aufnahme von Pablo Casals übertreffen, weil man heute makellos aufnimmt, auf Casals' Aufnahme hingegen das Instrument in all seiner Sperrigkeit zu hören ist, kein Knarren und Quietschen herausgefiltert wurde, so daß man sogar glaubt, das Holz und den Schweiß zu riechen,

selbst der Perfektionist Glenn Gould war nicht davon abzubringen, für seine Aufnahmen weiterhin den Steinway zu verwenden, der ihm ans Herz gewachsen war, obwohl das Instrument aufgrund eines Transportschadens nicht mehr intakt war und nicht mehr vollständig instand gesetzt werden konnte, so daß die Tasten des mittleren Bereichs ein leises Klicken von sich gaben, Gould selbst sprach von einem Flügel mit Schluckauf, der bei langsamen Stükken besonders zum Tragen kommt, hören Sie sich die dreistimmige *Invention in d-Moll* an, Herr Müller, und Sie werden sofort wissen, was ich meine,

ebensowenig konnte Glenn Gould von seinem quietschenden und knarrenden Klavierhocker lassen, den er seit seiner Jugend besaß und der sich auf seinen Schallplatten deutlich bemerkbar macht, aber nicht störend, wie ich finde, ganz im Gegenteil,

denn würden wir nicht beim intensivsten und berauschendsten Kontakt, der zwischen Seelen möglich ist, unweigerlich wahnsinnig, wenn uns nicht die Geräusche, die wir dabei hervorbringen, an die vergänglichen Leiber binden würden?, und genau deshalb muß das Schreiben, das Geist und Seele fliegen läßt, an den schabenden Bleistift gefesselt sein und an die Handschrift auf Papier, die jedem Menschen so eigen ist wie sein Fingerabdruck, die Handschrift, die man vor sich haben muß, um sich bei keinem Wort zu verlieren,

so werden Sie gewiß auch verstehen, daß es mich bis heute schmerzt, kein handschriftliches Wort von der Goldhaarigen zu haben, niemals die Bögen und Schwünge, Ecken und Kanten ihres Wesens in ihrer Handschrift kennengelernt zu haben, nie gesehen zu haben, wie ihre Seele sich auf Papier manifestiert, weil sie mir ihre Botschaften stets von Rechner zu Rechner sandte,

finden Sie es nicht auch absurd, an einem *Rechner* zu *schreiben,*

verbirgt sich im Wort *Rechner* nicht schon der wahnhafte Wunsch eines Schriftstellers, einen Bestseller vorausberechnen zu können,

ist es nicht absurd, zu Hause zu schreiben, zu Hause Inspiration finden zu wollen,

wie soll ich Inspiration finden in einer Wohnung, durch die Staubflocken tanzen und wo der Abwasch mich anstarrt,

in einer Wohnung, in der sich ungeöffnete Mahnbriefe stapeln,

in einer Wohnung, auf deren Balkon ich Sommer für Sommer mit einer Taubenfamilie zähe

Kämpfe um die Revierherrschaft ausfechte, Sie können sich nicht vorstellen, Sie, der Sie auf dem Lande leben und arbeiten, Herr Müller, dessen Arbeit vom Konzert jubilierender, tirilierender Finken, Zaunkönige, Drosseln und Meisen begleitet wird, wie es ist, schon ab dem frühen Morgen von Tauben heimgesucht zu werden, die sich meinen Balkon als Brutstätte auserkoren haben, ganz, als wüßten sie, was sie mir antun, wenn sie mir ihr Liebesglück vorgurren und mich dazu zwingen, stundenlang mit einer Sprühflasche voll Wasser und Apfelessig hinter der angelehnten Balkontür zu lauern, anstatt zu schreiben, um sie im richtigen Augenblick mit einem gezielten Strahl zu verjagen und dabei zu phantasieren, es handle sich um Spiritus und ich würde ihnen eine Fackel nachwerfen, um diese Sisyphusarbeit zu beenden,

sie kommen immer wieder, schuld bin ich selbst, indem ich ihnen durch das Plazieren von Aschekübeln auf dem Balkon behagliche Nischen geschaffen habe,

auf dem Balkon einer Wohnung, in der am Vormittag die Postboten und Reklameausträger in jeden Gedanken hineinklingeln,

einer Wohnung, vor deren Fenstern sich am Nachmittag hupende Autos und bimmelnde Straßenbahnen durch die Straßenschlucht quälen, einer Wohnung, deren Regale vollgestopft sind mit Büchern, die nicht von mir sind, sondern von meinen Aberhunderten und -tausenden Konkurrenten, die mich vom Buchmarkt verdrängen,

einer Wohnung, deren Vermieterin mir mißtraut, weil ich nicht, wie die anderen Mieter, zu regelmäßigen Zeiten meine Wohnung verlasse und wieder zurückkehre,

einer Wohnung, deren Vermieterin mich nach Jahren des Argwohns haßt und mit Briefen ohne Grußformeln bombardiert,

»der Fahrradständer im Garten«, schreibt sie mir, »ist mein Eigentum! Ich bestimme, welche Personen ihn benützen dürfen. Sie sind nicht dabei! Garten und Innenhof sind für Sie verbotenes Land! Wer nicht bezahlt, hat kein Anrecht auf irgendwelche Vergünstigung«,

dabei erwähnt sie natürlich nicht, daß ich die Miete deswegen gekürzt habe, weil sich schon seit Jahren ein Wasserfleck an der Decke meines Arbeitszimmers befindet, der bei heftigen Regengüssen zum Leben erwacht,

jahrzehntelang habe ich nur mit Füller geschrieben, erst vor wenigen Jahren habe ich diese Gewohnheit von einem Tag auf den anderen geändert und schreibe seither nur noch mit Bleistift, ein Entschluß, der mir wie aus den unterbewußten Tiefen einer Persönlichkeitsveränderung zu stammen scheint, hervorgerufen durch den Wasserfleck, der in mir die Angst ausgelöst haben muß, eines Tages könnte er so lebendig werden, daß er meine Wohnung durchflutet und alles auslöscht, was ich mit Tinte auf Papier hinterlassen habe, mögen Sie auch einwenden, es mache keinen großen Unterschied, ob man mit einem phallischen Gegenstand Flüssigkeit verströmt oder ihn in das Loch des Bleistiftspitzers steckt, der kleine Unterschied ist nur, daß der Füller bleibt, wie er ist, während der Bleistift bei jeder Vereinigung mit der Bleistiftspitzerin ein Stück von sich selbst verliert, bis er in lustvollem Sterben vergeht,

und ebensowenig erwähnt meine Vermieterin, daß sie allen Mietern, auch mir, in einem Rundschreiben die Installation eines Fahrradständers im Hof angekündigt hat, verbunden mit dem Hinweis, daß er jedem Mieter zur Verfügung stehe,

»im Keller ist generelles Rauchverbot, auch für Sie!«, schreibt sie mir,

dabei habe ich noch niemals im Keller geraucht,

»ich habe Beschwerden erhalten«, schreibt sie mir, »daß Sie ständig Ihren Gelben Sack schon mehrere Tage vor der Abholung im Eingangsbereich der Geschäftseingänge abstellen und dort lagern. Heute wurde mir mitgeteilt, daß

Sie wiederum vor drei Tagen und Nächten Ihren Gelben Sack – provokativ – dort ablegten und dadurch die Kundschaft sowie die Geschäftsführer und Mitarbeiter stören und behindern. Mit dieser Tat, wiederum, beweisen Sie Ihren abstrusen und asozialen Charakter«,

unnötig zu sagen, Herr Müller, daß ich mit den gelagerten Gelben Säcken nicht das geringste zu tun habe, zumal ich sie ja, wie Sie wissen, vorwiegend zum Sammeln von Herbstlaub nutze, das ich in meiner Wohnung verstreue, um meine Herzensqualen zu steigern,

»die Treppen vom dritten zum vierten Obergeschoß sind voller vertropfter Ölflecken«, schreibt sie mir, »auf dem Vorplatz, links und rechts vor Ihrer Wohnungstür, wurde ebenfalls Öl vergossen. Da nur Sie dieses Stockwerk bewohnen, haben Sie diese Spuren zu beseitigen«,

als wäre sie nicht eine Woche vor jenem Brief persönlich in meiner Wohnung gewesen, was sie unmöglich vergessen haben kann, denn sie schrieb mir, »wir erwarten von Ihnen, daß Sie beim Öffnen der Tür angemessene Kleidung tragen! Und nicht, wie beim letzten Mal, als Ihre männlichen Geschlechtsteile aus der Unterhose heraushingen«,

ich schwöre Ihnen, Herr Müller, so ist es nicht gewesen, mit jedem ihrer Briefe überrascht mich meine Vermieterin aufs neue, und dieses Hirngespinst muß sie davon abgehalten haben, mit eigenen Augen zu sehen, daß meine Öfen mit Holz und Kohle beheizt werden, was, nebenbei bemerkt, in einer Wohnung, die sich im vierten Stockwerk befindet, ein mühseliges Unterfangen ist,

es müssen ja nicht nur Brikettbündel nach oben, sondern auch volle Aschekübel nach unten geschleppt werden, was man eigentlich nackt tun müßte, um sich hernach die Asche, die man direkt am Leib hätte, einfach abduschen zu können,

angezogen aber verwüstet man sich mit dem einmaligen Ausleeren eines Aschekübels die gesamte Kleidungsgarnitur, und wie nach dem Ausleeren des Aschekübels der Hinterhof aussieht, davon wollen wir gar nicht reden, Asche ist nicht in den Griff zu bekommen, ein Lufthauch nur, und sie verteilt sich in alle Richtungen, auch dies ein Grund, weshalb meine Vermieterin mich haßt, anstatt daß sie daran dächte, Abhilfe zu schaffen, mich von meinem Heizelend zu erlösen, dem ich nicht einmal vorübergehend entfliehen kann, im Gegensatz zu den Zentralheizungsbesitzern, die viel weniger Anlaß zur Flucht haben als ich, doch gleichwohl einen Teil des Winters auf Teneriffa verbringen,

sind Sie schon einmal auf Teneriffa gewesen, Herr Müller?, ich frage Sie nur, weil ich weiß, daß Sie auf Sylt und Mallorca reiche Kunden haben, warum also nicht auch auf Teneriffa, wo sich genug Menschen herumtreiben, die es sich leisten können, dort Jahr für Jahr zu überwintern, und ich wünsche Ihnen von Herzen, daß Sie diese Menschen, die ich bei zwei Teneriffaaufenthalten erlebt habe, nicht als Kunden haben, obwohl ich sie Ihnen andererseits gönnen würde, weil sie, im Gegensatz zu mir, unkompliziert sind und Geld haben, und immer, wenn ich diese Menschen gesehen habe, habe ich den Vorsatz gefaßt, daß ich mich, solange ich lebe, in jeder Hinsicht zu ihnen im Gegensatz befinden werde, daß ich niemals als gebeugter, vom Arbeitsleben verschlissener Greis hinter einer Frau herschlurfen werde, die mit der Harmlosigkeit eines Schulmädchens, mit der glockenhellen Stimme eines Schulmädchens, mit dem naiven Blick eines Schulmädchens ihre Freundinnen wie auf dem Pausenhof um sich schart, die allesamt aussehen wie sie und sich benehmen wie sie, weil sie wohlweislich darauf verzichtet haben, sich vom Karrieremahlwerk zerreiben zu lassen,

am Ende des Lebens gehen die meisten Frauen als Siegerinnen hervor, Herr Müller, was einem nirgendwo anders auf der Welt so deutlich vor Augen geführt wird wie auf Teneriffa, dieser geschundenen Insel, die zuerst von den

Spaniern und dann von deutschen Rentnern unterjocht wurde,

Gott sei Dank, dachte ich bei ihrem Anblick, bin ich verpflichtet, zurückzukehren, um zu heizen, im Winter bin ich kein Schriftsteller, im Winter bin ich ein Heizer, der jeden Morgen im Nachthemd kälteschlotternd von Ofen zu Ofen geht, aus den Öfen die vollen Aschekästen herauszieht und sie unter den mitleidigen Blicken der Nachbarn in den großen Aschekübel auf dem Balkon leert, dann wiederum von Ofen zu Ofen geht und in jedem mit Zeitungspapier und Holzresten aus Obst- und Gemüsekisten vom türkischen Lebensmittelladen gegenüber ein Feuer schürt,

dabei ist mir den ganzen Winter hindurch, als leerte ich mit der Asche die Überreste meiner Liebe in den Kübel und als wäre mein Heizen der klägliche Versuch, die Glut des Sommers, die meine sonnenhaarige Undine entfachte, zurückzuholen,

denn ich gehe ja nicht nur von Ofen zu Ofen, ich gehe ja auch von Bild zu Bild, gehe durch den Flur, in dem sie nackt in Schuhen vor mir stand, als ich ihr das Kleid hochgestreift hatte, unter dem sie nichts trug, und wo ich vor ihr niederkniete, um ihre Weiblichkeit zu schmecken,

gehe zum Sofa im Erkerzimmer, auf dem wir einen Nachmittag lang lagen, von Sommerwind umspült, der die Jalousie flattern ließ, in Sonnenlicht, in dem ihr Haar golden erstrahlte,

komme am Stuhl in der Küche vorbei, auf dem sie nackt saß, als ich sie küßte und meine Küsse abwärts wandern ließ, bis sie an der weiblichsten Stelle ihres Leibes angekommen waren und sie sich lustvoll wand,

und ich will Ihnen nicht verschweigen, daß es Tage gibt, an denen sich genug Wahnsinn in mir angesammelt hat, daß ich mich zum Stuhlpolster hinunterbeuge, um noch etwas von ihrem eingesickerten Duft zu erhaschen,

der natürlich längst entschwunden ist,

von Glück kann ich reden, daß in meinem Schlafzimmer kein Ofen steht, den ich versorgen muß, weil ich sonst mehrmals täglich am Bett vorbeikäme, in dem ich mit der Goldhaarigen das vollkommenste Einswerden von Lust und Liebe erlebte, das ich jemals hatte,

sind meine Öfen, frage ich mich, vielleicht Sinnbild für das weibliche Geschlecht, an dem glücklichere Männer sich Herz und Seele wärmen, während ich mich an ihm verbrenne,

oft schon habe ich darüber nachgedacht, Herr Müller, ob Sie mich mit einer Wohnung retten könnten, die eine Zentralheizung hat,

aber noch öfter darüber, wie das ideale Bett meiner idealen Wohnung beschaffen sein müßte, nicht zu groß dürfte es sein, damit ich mich in den Jahren zwischen den Frauen nicht einsam fühle,

nicht zu klein dürfte es sein, damit sich die nächste Geliebte und ich aneinander berauschen können,

aber das wäre nicht die Hauptsache,

Hauptsache wäre mir, ein Bett zu haben, das auch Sie mir nicht erschaffen können, ein Bett nämlich, das in den Zeiten des Abschieds seine Gestalt wandelt, damit die Erinnerungen leichter verlorengehen, die an ihm haften und mich bis heute vom Einschlafen bis in meine Träume verfolgen,

die Erinnerungen daran, wie ich mich schreiend in sie ergoß und in der Tiefe ihrer Seele verging,

die Erinnerungen daran, wie ich ihren Duft schmeckte und dabei Schreie aus ihr lockte,

die Erinnerungen daran, wie sie mir, um es Ihnen wenigstens einmal so deutlich zu sagen, kniend ihren wunderschönen Hintern darbot, den ich küßte und dem ich mit sanften Schlägen zarte rosa Farbe gab,

auch dies Erinnerungsbilder, an denen ich keine Lust mehr haben kann,

die mir das Liebesspiel nur in ein Trauerspiel verwandeln und mich vor Angst erbeben lassen, nicht Erregung, Angst vor dem lauernden

Schmerz hinter den Kulissen der Bühne, auf der die Lust sich inszeniert,

weshalb Sie sich fragen werden, warum ich all diese Bilder nicht loslasse, sondern, im Gegenteil, sogar noch heraufbeschwöre,

eine Frage, die ich nicht beantworten kann, erst recht nicht, wenn ich an meinen Sturz in den Brunnen denke, der mir geradezu den Befehl gab, loszulassen,

im unglücklichen Herbst nach meinem glücklichen Sommer habe ich den Maler und Bildhauer Jaroslav, der, wie ich auf unserer gemeinsamen Reise erfuhr, auch von der Kunst des unglücklichen Verliebens sehr viel versteht, nach Prag und zu seinem Atelier in Číhaná begleitet, ein kleines Dorf bei Marienbad,

jede Gelegenheit, auf andere Gedanken zu kommen, dankbar nutzend,

wenngleich ich bei jeder dieser Gelegenheiten bemerken mußte, daß ich ein Mensch bin, der unfähig ist, auf andere Gedanken zu kommen,

ich spazierte in den Nebelschleiern des Novembernachmittags über das verwilderte Grundstück um Jaroslavs Atelierhaus, betrachtete und fotografierte die weiträumig verteilten Skulpturen, die im diffusen Licht wie erstarrte Naturgeister aussahen, die schon immer im Stein gesteckt hatten und von Jaroslav freigelegt worden waren, und fortwährend stiegen in mir Erinnerungsbilder an die Goldhaarige auf,

an jenen magischen Frühlingsabend, an dem sie, verletzt am Leib und im Herzen, meinen Weg kreuzte und mich mit ihrem vielgestaltigen Gesicht, ihren Augen, in denen ich Antworten auf meine dunkelsten Fragen zu lesen glaubte, ihren Lippen, die ich noch am selben Abend zum Abschied auf den meinen spüren sollte, ihrer Stimme und ihren Worten, sie sprach davon, wie Texte sie erregen können, in ihren Bann schlug wie durch Zauberkraft,

an jenen Frühsommertag, an dem wir uns in den Weinbergen küßten,

und die Frühsommernacht, in der wir uns zum ersten Mal liebten und ich ihren Duft trank wie Wein,

gewiß können Sie sich vorstellen, Herr Müller, wie sehr ich mir an jenem Novembernachmittag inmitten der Versteinerten in Jaroslavs Garten wünschte, vom Sterben ins Leben zurückkehren zu dürfen, vom Herbst in den Frühling,

wie sehr ich mir ersehnte, auf ewig in der Zeitschleife jenes Frühjahrs gefangen zu sein, immerfort die Goldhaarige neu kennenlernend, die Magie des Zusammentreffens erlebend, mich frisch verliebend als ewiger Reisender in der Schleife einer Achterbahn, die mich wieder und wieder an den Zenit meines Lebens bringt und mich nach dem Absturz, der dem Zenit unweigerlich folgen muß, aufs Neue emporhebt, bis mir schwindelig und schlecht wird vom Glück, bis ich an den Wiederholungen des Glückstaumels sterbe, nicht an zerrissenem Herzen,

plötzlich fühlte es sich unter meinen Füßen an, als tue sich die Erde auf, ich wurde hinabgerissen und stand keine Sekunde später drei Meter tiefer bis zu den Knien im Wasser in einem Brunnenschacht, dessen Öffnung man offenbar vor vielen Jahren mit einem inzwischen morsch gewordenen Brett überdeckt hatte, das seinerseits von Erde bedeckt war,

mühsam arbeitete ich mich wieder hoch ans Tageslicht und ging zum Haus zurück, wobei ich fortwährend lachen mußte darüber, den Sturz unversehrt überstanden zu haben,

gleichwohl schloß mich mein Freund Jaroslav, den Sie sich wie einen Bären vorstellen müssen, denn er ist, wenn er neben mir steht, ebenso groß wie ich, aber wenn er neben mir sitzt, einen Kopf größer als ich, wie ein Vater in die Arme und konnte nicht aufhören, sich zu entschuldigen dafür, daß er bis jetzt noch jeden Besucher gewarnt habe, nicht dorthin unter die alte Ulme zu gehen, und es diesmal zum ersten Mal vergessen habe,

Sie müssen sich ihn auch deshalb wie einen Bären vorstellen, weil es ihm gelingt, in derselben Zeitspanne, in der ich ein halbes Glas Bier trinke, zwei Gläser Bier zu trinken, so habe ich es erlebt, als wir uns einen Abend lang vom Hradschin bis zur Karlsbrücke hinuntertranken, kein Lokal, das auf dem Weg lag, auslassend, was anderntags freilich dazu führte, daß Jaroslav das Frühstück nur als kurzes Intermezzo seines Erholungsschlafs betrachtete,

dann goß er jedem von uns ein Glas Whisky ein, aber erst beim zweiten Glas dachte ich daran, daß ich fotografiert hatte und also die Kamera in Händen gehalten haben mußte, als ich in den Schacht gefallen war, und nun die Kamera nirgendwo anders liegen konnte als tief unten im Wasser,

als nächstes fiel mir ein, daß ich die Kamera fast auf den Tag genau ein Jahr lang besessen hatte, mithin also die Bilder eines Jahres im Brunnenschacht versenkt worden waren, und begriff sofort, daß mein Sturz in den Brunnen unabwendbar gewesen war, daß er die Botschaft enthielt, sich von den Bildern des Jahres zu verabschieden, damit ich mein Herz befreie,

aber bitte sagen Sie es mir, Herr Müller, wenn Sie glauben, daß ich bei Ihnen fehl am Platze bin, weil ich mir in Wahrheit nicht wünsche, daß mir ein idealer Raum, sondern eine ideale Zeit eingerichtet wird, eine immerwährende Zeit des Glücks, in der ich mit der Goldhaarigen den Himmel auf Erden erlebe, bis ich ins Grab sinke, und sagen Sie es mir auch, wenn Sie der Ansicht sind, daß ich die Botschaft des Sturzes mißdeute, meist erkennt man ja die Verstricktheit der anderen besser als die eigene,

sagen Sie es mir unbedingt, denn nichts ist fataler, als Botschaften zu mißdeuten, niemals hätte ich aus den ersten Botschaften der Goldhaarigen lesen dürfen, daß sie mich lieben könnte, ich sie lieben dürfte,

sagen Sie es mir, wenn Sie glauben, ich sei im Wahn gefangen, eine ewig am Mittagspunkt strahlende Sonne sein zu wollen, ohne mich mit dem unvermeidlichen Untergang abfinden zu können,

und wenn Sie daher glauben, die wahre Botschaft des Sturzes lautet, daß die Sonne um so tiefer fallen muß, wenn sie ihren vorgezeichneten Untergang verweigert, daß sie sich in ihr Gegenteil verwandeln muß, in Pluto, den Herrscher der Unterwelt, und daß ich daher besser in meinem fauligen Tümpel unter der Erde geblieben wäre, in meiner eigenen Unterwelt, in meinem eigenen Totenreich der ertrunkenen Bilder, das Sie mir im Laufe der Zeit so eingerichtet hätten, daß ich es darin aushalten kann, so sagen Sie mir auch das,

ich weiß Ehrlichkeit, die mich schmerzt, zu schätzen, und vielleicht hätten Sie ja mit Ihren Worten recht, Herr Müller, denn wie man Bilder loswird, konnte ich ohnehin noch nicht herausfinden, versucht habe ich es, indem ich in Marienbad im Jugendstilpavillon der St. Antoniusquelle auf Jaroslavs Geheiß meinen Kopf ins Wasser tauchte, mußte aber, in meine Wohnung zurückgekehrt, feststellen, daß sie noch immer da waren, als ich von Ofen zu Ofen ging, und so bleibt mir nur noch, zu versuchen, sie an Sie wegzureden, Herr Müller,

und an Sie wegzureden, daß ich, während ich mit dem Heizen beschäftigt bin, daran denken muß, wie sehr ich mir während jenes Sommers ersehnt hatte, daß es einmal nur in meinem Leben anders käme, daß mir einmal nur im Leben das glückliche Verlieben gelänge,

wie verzweifelt ich mir meine Konstellationen weggewünscht hatte, wie lebhaft ich mir schon im Sommer die Besuche meiner Nachtkatze in der Winterwohnung ausgemalt und die besten Heizvorsätze gefaßt hatte,

nicht nur mit Briketts, auch mit Kerzen in jedem Zimmer würde ich für sie wohlige Wärme in meine Wohnung zaubern, jeder ihrer Besuche sollte mit einer wahrhaften Kerzenorgie gefeiert werden, in der ihr goldenes Haar erglänzt,

niemals, und sollte ein noch so harter Winter kommen, würde sie bei mir frieren müssen, sagte ich mir,

ein kühner Vorsatz, ich weiß es wohl, denn schon im Sommer hätte ich ja das Geld übrig haben müssen, um beim Kohlenhändler eine Vorratsbestellung zum Vorzugspreis zu tätigen, aber Geld ist etwas, was ich nur selten übrig habe,

und so muß ich meine Briketts in kleinen Portionen besorgen, muß immer dann, wenn das letzte Brikett im Ofen verschwunden ist, mit meinen letzten zehn oder zwanzig Euro zum Baumarkt fahren und einkaufen wie jemand, der hin und wieder am Wochenende in seinem Gartenhäuschen ein Kaminfeuer schüren will, nicht wie jemand, der täglich eine zugige Altbauwohnung zu beheizen hat,

dazu müssen Sie auch wissen, Herr Müller, daß der Wagen, den ich fahre, die ersten dreiunddreißig Jahre seines Lebens in Saumur an der Loire verbrachte, wo die milde Atlantikluft keinen Frost und keinen Schnee zuläßt und daher deutschen Wintern nicht gewachsen ist, die vor allem seiner Streusalzallergie zusetzen, was ich beim Kauf hätte bedenken müssen, aber auch in der Begegnung mit ihm waltete eine sonderbare Magie, die keine Bedenken zuließ und die nur darin wurzeln kann, daß er in Wahrheit eine Frau ist, weil Autos in der französischen Sprache weiblich sind und mein dunkelgrüner Citroën ein *ami 6* ist, was man, gesellt sich der bestimmte Artikel hinzu, als *l'ami 6,* »la Missis«, das Fräulein, lesen kann, ein Bild dieses Wagens, in genau demselben Dunkelgrün, *vert charmille*, hatte ich schon als Kind besessen, und ich habe keinen Zweifel daran, daß man für meine Autoquartettkarte genau diejenige fabrikneue Missis abfotografiert hatte, die ich Jahrzehnte später aus einer französischen Scheune retten sollte, als der sogenannte Zufall mein Auto in Saumur an der Loire zusammenbrechen ließ, wo der Mechaniker, der mir sagen mußte, daß eine Reparatur sich nicht lohne, von der Missis wußte, die nach dem Tod ihres Besitzers, eines gewissen Monsieur Fatin, zu verkaufen sei,

niemand aus der Familie wolle sie mehr fahren, aber andererseits bringe es auch niemand aus der Familie übers Herz, sie verschrotten zu lassen,

zu viele Erinnerungen hingen an ihr, sagte mir einer der Söhne von Monsieur Fatin, als ich sie besichtigte, Erinnerungen an Familienurlaube an der Atlantikküste, aber auch im Zentralmassiv, wo sich die Missis, voll beladen mit Gepäck und vier Kindern auf der Rückbank, an allen Steigungen wacker geschlagen habe,

ich gab mein letztes Geld für sie hin, was dazu führte, daß ich meine damalige Reise entlang der Loire abbrechen und mit der Missis den Heimweg antreten mußte,

auf der Heimreise gestand ich ihr zu meiner eigenen Überraschung, denn ich hatte noch nie zuvor im Leben ein Wort an ein Auto gerichtet, daß ich sie als Kind noch nicht geliebt hatte, auch wenn mir ihr extravagantes Aussehen gefallen hatte, das ihr vor allem die schräg einwärts geneigte Heckscheibe verlieh,

doch wenn man die Autoquartettkarte in der Hand hielt, auf der sie abgebildet war, hatte man das Spiel unweigerlich verloren, sie hatte mit ihren dreiundzwanzig PS, ihrem halben Liter Hubraum, ihren zwei Zylindern und ihrer Höchstgeschwindigkeit von hundertzwanzig Stundenkilometern den anderen Autos im Quartettspiel nichts entgegenzusetzen,

dafür hatte Monsieur Fatin sie von Anbeginn bis in den Tod geliebt, war an ihr gehangen wie Glenn Gould an seinem Klavierstuhl,

an den gesammelten Werkstattrechnungen, die mir von seiner Witwe überreicht wurden, konnte ich sehen, daß er der Missis, als sie schon fünfundzwanzig Jahre alt war, mithin in einem Alter, in dem andere Besitzer sie längst verschrottet hätten, einen neuen Motor hatte einbauen lassen,

kurz vor der Grenze dachte ich noch daran, ihr als Mittel gegen Heimweh eine Packung *Gitanes Maïs* zu besorgen und ins Handschuhfach zu legen, wo sie bis heute liegt und sie froh und heiter stimmt,

und so besitze ich bis heute einen Wagen, der mir jede Landstraße in eine französische

Chaussee verwandelt, mit dem man in die Zeit von France Gall und Françoise Hardy reisen kann, kurzum, der das ideale Gefährt ist, um mit der Dame des Herzens gemächliche Schleifen über Land zu ziehen, die zu einem lauschigen Flußufer oder in die Weinberge führen,

nur Autobahn sollte man mit der Missis nicht fahren,

an Steigungen passiert es nur allzu leicht, daß die Lastzüge, die ich eben erst überholt habe, sich rasch nähern, bis sie den Rückspiegel ausfüllen und mich hupend bedrängen,

in solchen Augenblicken frage ich mich jedes Mal, ob ich überhaupt ein richtiger Schriftsteller bin, weil ich an Françoise Sagan denken muß,

Françoise Sagan, die sich von den Tantiemen ihres ersten Romans *Bonjour tristesse* drei Sportwagen leisten konnte, mit denen sie sich ebenso wie Sie, Herr Müller, auf rauschhafte nächtliche Fahrten begab,

sie liebte es, mit ihrem Jaguar über die Route Nationale 7 in den Süden zu fahren, bei Sonnenuntergang in Paris aufzubrechen und bei Sonnenaufgang im neunhundert Kilometer entfernten St. Tropez anzukommen,

mit meiner betagten Missis würde ich erst am nächstfolgenden Sonnenuntergang eintreffen, nicht berauscht, sondern völlig am Ende von einer Nacht und einem Tag ununterbrochenen Fahrens, ich muß in diesen bedrohlichen Augenblikken an Thomas Bernhard denken, der einen Mercedes besaß und dem nichts mehr Vergnügen bereitete, als seinen Verleger Unseld abzuhängen, wenn sie von seinem Haus in Obernathal nach Gmunden zum Mittagessen fuhren,

stets hatte Bernhard schon die Vorspeise vor sich stehen, wenn Unseld im Lokal eintraf,

ich muß in diesen ebenso bedrohlichen wie beschämenden Augenblicken an Samuel Bekkett denken, der ebenfalls solche Augenblicke erlebt haben muß,

er besaß einen grauen 2 CV, den er ein häßliches, schneckenhaftes kleines Biest nannte,

Freunde, die mit ihm fuhren, meinten, der Wagen sehe aus wie eine zusammengebundene Ansammlung von Mülltonnen,

und oft beklagte sich Beckett, daß es unmöglich sei, bei Gegenwind im vierten Gang zu fahren, aber das ist auch schon alles, was ich mit ihm gemeinsam habe, seine Literatur langweilt mich zu Tode,

einmal geschah es, daß ich nicht wegen zu schnellen, sondern wegen zu langsamen Fahrens auf der Autobahn von der Polizei gestoppt wurde, als ich eines Morgens gegen drei von einer Geburtstagsfeier nach Hause fuhr, weil ich meine Missis an einer Steigung nicht dazu bringen konnte, schneller als sechzig Stundenkilometer zu fahren, nüchtern war ich nicht mehr, wie Sie sich denken können, aber meine Missis erwies sich als der vollkommenste Schutzengel, weil die Polizisten sich für sie mehr interessierten als für mich,

mißtrauisch wurden sie nur, als sie in den Innenraum hineinleuchteten und die Plastiktüten voll Altglas auf der Rückbank sahen,

was es mit den Weinflaschen für eine Bewandtnis habe, fragten sie mich,

es gelang mir indes, ihnen glaubhaft zu versichern, daß es sich um das gesammelte Altglas des Winters handle, das im übrigen nicht nur aus Weinflaschen bestehe und das ich schon seit einigen Wochen spazierenführe, weil ich einfach noch nicht dazu gekommen sei, einen Altglascontainer anzusteuern,

nicht, daß ich keinen Altglascontainer in der Nähe meiner Wohnung hätte, aber ich lasse mich beim Entsorgen der Flaschen nur ungern von der Nachbarschaft und schon gar nicht von meiner Vermieterin beobachten, in deren Augen jede grüne Flasche eine Weinflasche ist, und ich mag die Entwürdigung nicht auf mich nehmen, ihr und damit allen Nachbarn zum Gegenbeweis das Etikett jeder Olivenölflasche laut vorzulesen, bevor ich sie in den Container werfe,

natürlich hätte mir auch die Missis nicht helfen können, wenn ich die Gewohnheit meines

Vaters angenommen hätte, beim Autofahren stets eine geöffnete Flasche Wein in Griffweite zu haben, um, wie er es tat, beim Aufenthalt an roten Ampeln einige Schlucke daraus zu nehmen,

noch heute halte ich es für eine respektable Leistung meines Vaters, daß er niemals seinen Führerschein verloren hat,

ohne aber die Vorzüge meiner Missis, der ich es zu verdanken habe, daß ich selbst in den verdächtigsten Situationen niemals einer Alkoholkontrolle unterzogen wurde, im mindesten schmälern zu wollen, muß an dieser Stelle gesagt werden, daß ich mit ihr einen Wagen besitze, der mit meinen Kohleöfen nicht kompatibel ist,

gerade dann, wenn der Winter in aller Unbarmherzigkeit zuschlägt und eine Brikettbesorgungsfahrt zum Baumarkt dringendst notwendig macht, kann ich der Missis eine solche Fahrt nicht zumuten, weil gerade dann die Straßen von Streusalz verseucht sind, was sie umbringen würde,

daher bin ich im tiefsten Winter zuweilen gezwungen, den Weg zum Baumarkt mit dem Fahrrad zurückzulegen, um die erbärmliche Menge von zwei Bündeln Briketts zu erwerben, die ich mir links und rechts an den Lenker hänge,

für die Geliebte, das brauche ich Ihnen nicht zu versichern, hätte ich eine Radtour zum Baumarkt auch durch einen Schneesturm mit

Freuden unternommen, während ich mich jetzt fragen muß, ob es dafür steht, daß ich all diese Strapazen auf mich nehme, ob es sich lohnt, für den, der von mir übriggeblieben ist, zu heizen,

doch es gibt kein Entrinnen, nicht auszudenken, was für Maßnahmen meine Vermieterin gegen mich ergreifen würde, wenn es wegen Vernachlässigung der Heizpflicht zu einem Rohrbruch käme,

ich komme nicht umhin, Herr Müller, zu erwähnen, daß sich in dieser Frau die Verbrechen der modernen Medizin manifestieren, sie war nämlich nicht immer so, wie sie jetzt ist, im Gegenteil, früher hat sie mir sogar hin und wieder, um mir das Feuermachen zu erleichtern, ganze Säcke voll trockener Föhrenzapfen geschenkt, die sie selbst aufgesammelt hatte und mit dem märchenhaften Wort *Butzelkühe* benannte, doch dann wurde sie so krank, daß die Ärzte glaubten, sie nur durch die Einpflanzung einer Spenderleber retten zu können,

fraglich bleibt indes, ob eine Verlängerung des Lebens gleichbedeutend mit einer Rettung ist,

seit ich erlebt habe, wie sich das Wesen meiner Vermieterin verändert hat, weiß ich, daß die Leber der Sitz des Lebens ist, der Seele, des Zorns, der Liebe, ich möchte den edlen Organspender, der dafür gesorgt hat, daß seine persönliche Bosheit noch nach seinem Tod auf

Erden weiterleben kann, nicht gekannt haben und werde niemals, auch im Vollrausch nicht, den Frevel begehen, einen Organspendeausweis zu unterschreiben, allein um dessentwillen, daß niemals ein Mensch mit meiner Bosheit,

die ich Ihnen nicht schildern kann, weil mir die eigene Bosheit, wie jedem Menschen, verborgen bleibt, weil ich sie, wie jeder Mensch, sorgsam vor mir selbst verstecke,

und meinen Ängsten,

die ich Ihnen nur allzugut schildern kann,

durch sein Leben gehen muß, gespeichert in der Leber, in der sich meine Seele aufgehalten hat, die ich zu oft mit Alkohol trösten mußte,

meine Leber würde jedem, dem sie eingepflanzt würde, das Vergnügen am Schwimmen nehmen, weil meine Angst vor Wasser ihn überschwemmen würde,

ein Mann, der meine Leber bekäme, könnte sich nur schwer wieder verlieben, weil meine Leber die Angst gespeichert hat, von den eigenen Gefühlen in eine herzzerreißende Irre geleitet zu werden, weshalb ich auch mein Herz niemals einem Organempfänger zumuten würde,

und nur angenommen, meine Leber würde einem Teneriffaüberwinterer eingepflanzt, er würde die Freude an seinem Zweitdomizil verlieren, selbst wenn Sie es gewesen wären, der es ihm eingerichtet hätte, weil er meine Flugangst bekäme und sich, so wie ich es tue, vor jeder Flugreise Dokumentationen von Flugzeugunglücken auf YouTube ansähe, sich bis in die Haarspitzen mit Adrenalin aufladen würde,

ich hoffe, Sie bemerken nebenbei, welch infame Lüge es ist, vom Fliegen als einem uralten Menschheitstraum zu sprechen, solange es mindestens einen Menschen gibt wie mich, dem das Fliegen ein Alptraum ist,

allein die Dokumentation über das Flugzeugunglück 1977 auf Teneriffa habe ich mir mehrere Male angesehen, stets vor Flügen nach Teneriffa, versteht sich, dessen Flughafen *Los Rodeos* für ein Unglück dieses Ausmaßes prädestiniert war, denn in seiner unmittelbaren Nähe liegt, wie Sie vielleicht wissen, die Ortschaft *La Matanza,* die mit ihrem Namen an das Gemetzel erinnert, das an dieser Stelle die Guanchen, die ihre Insel verteidigten, unter den Spaniern angerichtet haben,

würden Sie, Herr Müller, mit einer Leber wie der meinen durch Ihr Leben gehen wollen?, oder fragen Sie sich nicht auch, was man von einem verlängerten Leben hat, wenn es vom Wesen eines fremden Toten überlagert wird, gegen das man sich nicht wehren kann, weil die täglich zu schluckenden Medikamente das Immunsystem lahmlegen?, und ist es nicht ohnehin ein Wahn, Leben retten und verlängern zu wollen, nur deshalb, weil man nicht weiß, was nach dem Leben kommt?,

ich stelle mir Sterben oft vor wie das befreiende Erwachen aus einem bedrängenden, schmerzhaften Traum, und ich will nicht, daß meine Leber über meinen Tod hinaus lebendig bleibt und meine Seele daran hindert, nach dem Rasen durch die Zeit, das wir Leben nennen, im Totenreich ihre Ruhe zu finden,

oder könnte Sterben auch einfach nur ein befreiendes Platzen der Seele sein, wenn sie, so gesund der Leib, der sie beherbergt, auch sein mag, übervoll geworden ist von all den Empfindungen und Erinnerungen, die sich in ihr angesammelt haben,

doch wenn dem so sein sollte, so frage ich mich, was mit all den Empfindungen und Erinnerungen geschieht, die sich an das geheftet haben, was wir Ich nennen, ob es sein kann, daß sie einfach zu Nichts werden, oder ob sie sich irgendwohin verteilen, aber wenn, wohin denn nur?,

wie auch immer aber das Sterben sei, ich fürchte es weniger als das Geborenwerden, das Leben mehr als den Tod,

weshalb ich, wenn ich mit der Diagnose einer unheilbaren Leberkrankheit konfrontiert wäre, selbst dann, wenn der Arzt mir verspräche, daß die neue Leber mir glückliches Verlieben schenken würde, mir versicherte, daß er darauf achten würde, mir nur die Leber eines Menschen einzupflanzen, der sich niemals im Leben unglücklich verliebt hat, die Transplantation ablehnen und aus dem Krankenhaus zum Sterben in meine Wohnung zurückkehren würde,

an so einem Ort aber an Schreiben auch nur denken zu wollen, ist eine unüberbietbare Absurdität, ich muß diese Wohnung fliehen, unter Menschen fliehen, nicht, um mit ihnen zu reden, nicht, um ihnen Geschichten abzulauschen, nur um mich haben muß ich sie, damit ich mich nicht selbst störe,

doch meine Mitmenschen reagieren empfindlich auf jemanden wie mich, sie unterstellen mir, ich würde ihre Gespräche mitschreiben, die Zeiten haben sich geändert,

früher hingegen, als das *Grand Budapest Hotel* seine glanzvollste Epoche erlebte, konnte ein Schriftsteller noch sagen, »wenn die Leute wissen, daß man Schriftsteller ist, kommen sie, um ihm Geschichten zu erzählen«,

ziehe ich dagegen heute, wenn ich mit Freunden in der Kneipe sitze, ein Notizbuch aus der Tasche, um einen Gedanken festzuhalten, fühlen sie sich bedroht und flüchten sich in Spott, »fällt dir nichts ein, daß du unsere Gespräche mitschreiben mußt?«, sagen sie, als hielten sie unsere Gespräche für so geistvoll, daß sie verdienten, festgehalten zu werden,

wer aber hat jemals einen Maler gefragt, ob ihm nichts einfällt, wenn er seinen Skizzenblock auspackte und einen Teil der Welt abzeichnete, eine Kaffeekanne, eine Sonnenblume, ein Gesicht?,

niemand, im Gegenteil, der Künstler darf sich hinsetzen, wo es ihm gefällt, und die Welt abmalen, der Schriftsteller hingegen wird argwöhnisch beäugt und darf nicht einmal den Anschein erwecken, sie abzuschreiben,

ich habe es selbst erlebt, Herr Müller, als ich mit den Herren Wahnschaffe und di Molina auf Burg Švihov weilte, um auf dem dortigen Bierfest die Erzeugnisse böhmischer Nachwuchsbrauer zu degustieren, und Wahnschaffe, nachdem ein Gewitter uns vom Burghof verjagt und in den nahegelegenen Gasthof *U hradu* getrieben hatte, dortselbst begann, mittels wohlgesetzter Bleistiftlinien den Gastraum samt Gästen unter deren neugierigen Blicken in sein Reisetagebuch zu übertragen und schließlich, nach Vollendung des Werks, das aufgeschlagene Buch von Gast zu Gast wandern ließ, was uns eine wahrhafte Flutwelle der Anerkennung in Gestalt von Bieren und Pfefferminzlikören bescherte, die der Wirt unermüdlich an unseren Tisch brachte, unnötig zu sagen, daß ich dergleichen als schreibender Mensch noch nie erlebt habe, daß man mir mit Mißtrauen begegnete, wenn ich in Kneipen und Kaffeehäusern schrieb, und so muß ich in die Fremde fahren, in eine andere Stadt, wo man mir den Fremden anmerkt, wo ich durch mein offensichtliches Fremdsein über den Verdacht, Gespräche mitzustenographieren, erhaben bin und daher geduldet werde, und bin in meiner verzweifelten Suche nach einem Ort, wo eine Sprache gesprochen wird, die sich in größtmöglicher Entfernung zu meiner Muttersprache befindet, auch schon in Bern gelandet,

doch als ich, wie es meine Gewohnheit in fremden Städten ist, gleich nach der Ankunft einen Schreibwarenladen aufsuchte, um Bleistifte zu kaufen, in diesem Fall den Kollbrunner in der Marktgasse, und dort feststellte, daß eine Packung mit vier *Caran d'Ache* teurer ist als eine Packung mit zwölf *Koh-I-Noor* aus dem Laden der Schwestern Procházková in Pilsen, ohne daß die Schweizer Bleistifte, wie ich später feststellen mußte, die tschechischen an Qualität übertreffen würden, habe ich, entgegen meiner Gewohnheit, in jenem Laden keine Notizbücher mehr angesehen und erst recht keine eingekauft,

aber soll ich es wirklich eine Gewohnheit nennen, daß ich in Schreibwarenläden geradezu andächtig Notizbücher durchblättere, mit mehr

Andacht und Liebe Notizbücher durchblättere als Bücher mit bedruckten Seiten,

könnte es nicht auch, was meinen Sie, eine sublimierte Frauenliebe sein, weil ich mir ja, um es Ihnen ehrlich zu sagen, vorstelle, wie ich die jungfräuliche Makellosigkeit des Notizbuchs, das ich in Händen halte, beflecken werde, nicht nur mit meiner Handschrift allerdings, was vielleicht gerade noch Liebe wäre, sondern auch mit Bier, Rotwein, Kaffee und Zigarettenasche, zuweilen gar mit Gemüsebrühe,

oder muß ich es eine Eitelkeit nennen, weil ich ja nicht nur Genuß am Material habe, sondern mir auch ausmale, was für geniale Worte, was für geniale Sätze ich hineinschreiben werde, obwohl es dazu niemals kommen wird, meine Wohnung gleicht ja jetzt schon einem Papier- und Bleistiftlager, ich besitze ja jetzt schon mehr Papier, als ich jemals mit meiner Handschrift werde bedekken können, und mehr Bleistifte, als ich jemals werde zu Stummeln schreiben können, warum gehe ich überhaupt noch in Schreibwarenläden?,

wohl nur, weil ihre Bestände sorgsamer gehütet werden als meine eigenen, die ich bei jedem Rundgang durch meine Wohnung verbrennen möchte,

sobald ein Notizbuch in meinen Besitz übergegangen ist, liegt es zentnerschwer auf meiner Seele, einzig die Rücksicht auf meine Nachbarn hält mich davon ab, die Angst vor den Stapeln unbeschriebenen Papiers, die mich zu Hause überfällt, mitsamt dem Papier in Feuer aufgehen zu lassen, den Schulheften aus Geschäftsauflösungen, den billigen Notizbüchern von Ramschtischen in Kaufhäusern, den edlen Unikaten aus Manufakturen,

und, wie Sie möglicherweise vermuten, mitsamt dem Papier, auf dem ich Briefe schreiben wollte, ja, Briefe schreibe ich, Herr Müller, eine zweifellos altmodische Angewohnheit, aber vielleicht auch eine fatale, vielleicht ist es ein elementarer Fehler, daß ich mein Herz in Worte gieße, wenn ich mich verliebe, weil ich damit, ohne es zu wollen, die Botschaft versende, daß ich mehr zum Schreiben tauge als zum Lieben, und die Hoffnung zu erkennen gebe, daß meine Liebste sich, wenn nicht in mich, dann wenigstens in meine Handschrift und meine Worte verlieben könnte, mag auch nicht jedes Wort, das ich schreibe, lesbar sein,

dennoch kann ich davon nicht lassen, und so ist jedes Verlieben bei mir begleitet von Papiereinkäufen, die ich niemals in Pilsen erledige, weil die tschechische Papierkultur in einem diametralen Gegensatz zur dortigen Bleistiftkultur steht, sondern stets in der Nürnberger Altstadt, bei der Buchbinderei Klinger, in deren Laden es noch schlimmer aussieht als bei mir zu Hause, in einzelnen Bögen und Kuverts kaufe ich die schönsten, edelsten und geschmackvollsten Briefpapiere, die ich finden kann, aber nie zweimal dasselbe, die Zeiten des Verliebtseins sind die einzigen in meinem Leben, in denen ich nach schwarzweißen Jahren in Farben schwelge wie ein Maler, damit zur Freude und Überraschung meiner Geliebten keiner meiner Briefe dem anderen gleicht,

nicht nur in Farben schwelge ich, auch in Mengen, als könnte es mir gelingen, die Geliebte so lange an mich zu binden, bis das für sie bestimmte Briefpapier aufgebraucht ist, aber noch jede Liaison war vorher zu Ende und hat einen Stapel Papier und Kuverts mitsamt ungeschriebenen Worten zurückgelassen und mich mit der Frage, ob ich überhaupt ein richtiger Schriftsteller bin, weil ich an die Worte denken muß, die Franz Kafka an Milena schrieb, *Liebe ist, daß Du mir das Messer bist, mit dem ich in mir wühle,* Worte so wahr, wie sie mir noch nie gelungen sind,

und wenn ich mit dem Gedanken spiele, alles in Feuer aufgehen zu lassen, verbirgt sich darin auch die Hoffnung, mich dadurch von meinem unglückseligen Verlieben zu erlösen,

in Bern beschloß ich, es trotz des auserlesenen Sortiments bei Kollbrunner bei vier *Caran-d'Ache*-Bleistiften bewenden zu lassen, in Bern kann man sich als Deutscher ärmer schreiben, als man sich ohnehin schon schreibt, für Deutsche ist die Schweiz, was für Tschechen Deutschland ist, Deutschland ist, vom Preisgefälle her betrachtet, das Tschechien der Schweizer, für stolze zwanzig Franken habe ich im einfachsten Lokal, das ich finden konnte, im *Tramway* in der Militärstraße, das billigste Gericht gegessen, das auf der Speisekarte stand, Spaghetti Bolognese, ich habe das Gericht mit Scham bestellt, denn es gehört einiges dazu, nämlich an Armut, sich in einem Restaurant Spaghetti Bolognese zu bestellen, und noch mehr als einiges, an Phantasielosigkeit nämlich, Spaghetti Bolognese anzubieten, wer wüßte besser als ein Schriftsteller, was für Gerichte sich alles mit Spaghetti zaubern lassen, auf deren Zubereitung ich mehr Phantasie verwende als auf meine Werke, Spaghetti gewähren mir jeden Tag eine kleine Erlösung aus meiner Schwarzweißwelt, so mannigfach sind die bunten Kombinationen, die man mit Tomaten, Basilikum, Spargel, Peperoncini, Walnußkernen, Thunfisch, Kapern, Ricotta, Avocados, schwarzen Oliven, Pinienkernen, grünen Oliven, Pfifferlingen und Zucchini kreieren kann, und damit habe ich noch längst nicht alle meine Spaghettizutaten aufgezählt,

als ich im *Tramway* die phantasielosen Spaghetti Bolognese aß, mußte ich angesichts der mir exorbitant erscheinenden Größe der Portion an den Tesafilmabroller denken, der zum Inventar meiner Küche gehört und mir dazu dient, meine tägliche Portion Spaghetti so zu bemessen, daß ich mit einer Packung von Montag bis Sonntag auskomme,

mußte darüber nachdenken, wie ein Einrichtungs- und damit auch Küchenspezialist wie Sie, Herr Müller, sich über den Tesafilmabroller in meiner Küche wundern würde, mit dessen Hilfe ich die tägliche Summe, die ich für Spaghetti ausgebe, auf, je nach Sorte, die ich mir leiste, zehn bis dreißig Cent minimieren kann,

nehmen Sie überhaupt Kunden, die ihre Spaghetti mit einem Tesafilmabroller portionieren?,

und damit hat die Portion Spaghetti Bolognese in Bern eine Summe verschlungen, von der ich mich zu Hause dreiunddreißig Wochen lang mit Spaghetti versorgen könnte,

freilich nur mit Spaghetti, nicht mit den weiteren Zutaten, was auch erklärt, warum mein Kontostand sich niemals aus dem Minusbereich herausbewegt, seit Jahren nicht mehr, denn wenn ich mich schon mit Spaghetti tagein, tagaus begnüge, denke ich mir, dann will ich mir wenigstens gute Olivenöle gönnen, tiefgelbes korsisches oder dunkelgrünes kroatisches, Öle, die einem hierzulande nicht nachgeworfen werden, dann will ich auch am Salz nicht sparen, will mich nicht mit dem minderwertigen raffinierten Industriesalz begnügen, sondern gebe dem Spaghettiwasser nur bestes Steinsalz aus dem Himalaya bei,

später, nachdem ich die exorbitant teuren Spaghetti Bolognese verzehrt hatte, kam ich beim Espresso mit einer Schweizerin ins Gespräch, die mir erzählte, sie sei im vergangenen Jahr mit Mann und Kindern in Berlin gewesen, wo sie zu viert für zehn Euro Currywurst gegessen hätten, und davon, sagte sie, sprächen sogar die Kinder noch heute, von den vier Portionen Currywurst für zehn Euro, während ich noch heute von den sieben Franken reden könnte, die ein Berner Wirt für weniger als ein österreichisches Achtel Weißwein kassiert,

an dieser Stelle muß gesagt werden, daß ein Deutscher eher Tschechisch lernt als Schwyzerdütsch, auch das ein Grund für mich, Bleistifte um Himmels willen niemals mehr in Bern, nur noch in Pilsen einzukaufen, und ebenso lernt ein Tscheche eher Schwyzerdütsch als ein Deutscher, ich habe Tschechen in Pilsen mit eigenen Ohren Schwyzerdütsch sprechen hören, was ihnen gelingt, weil sie es von vornherein als eine ganz eigene Sprache auffassen, während der Deutsche den Fehler macht, in Schwyzerdütsch nach ihm vertrauten Elementen zu suchen, die er begreiflicherweise niemals findet, hingegen findet er sie im Tschechischen, wobei dahingestellt sei, ob diese Sprache sich entwickelt hat, oder, wie Fritz von Herzmanovsky-Orlando schreibt, die Erfindung eines Hofnarren sei, der die Aufgabe gehabt habe, einen schwermütigen habsburgischen Prinzen aufzuheitern,

aber glauben Sie nicht, Herr Müller, ich wäre darauf hereingefallen und hätte versucht, Tschechisch zu meiner Aufheiterung zu benutzen, nein, ich wollte nur die entgegengesetzte Richtung einschlagen, die Richtung umkehren, in der Sprachen üblicherweise gelernt werden, den Weg von West nach Ost statt von Ost nach West einschlagen, in der Hoffnung, daß sich dann auch die Empfindungen umkehren und mir das Trennen lustvoll, das Vereinigen schmerzhaft wird, eine Hoffnung, die sich mir bislang noch nicht erfüllt hat, doch wenn es soweit ist, dann wird sich auch meine Hoffnung erfüllen, daß mir die unglückliche Liebe zu einer glücklichen wird, daß ich mit der idealen Geliebten im Herzen, wo sie mir bleibt, wie sie in jenem Sommer war, und niemals ihr Gold zu Grau sich wandelt, glücklicher bin, als wenn eine reale mir nah und wirklich die meine wäre, weil ja jedes reale Glück einmal ins Unglück stürzen muß,

doch bislang habe ich es nur so weit gebracht, daß sich mir die Gedanken umkehren, so denke ich bisweilen, wenn es wahr ist, daß der Mensch im Laufe seines Lebens immer mehr Todesursachen in sich ansammelt, die in ihm lauern, bis eine davon ihn eines Tages packt, ob es dann nicht ebenso wahr sein muß, daß wir im Totsein Lebensursachen in uns ansammeln, daß uns der Tod ebenso belebt, wie uns das Leben tötet,

aber was meinen Sie, Herr Müller, gehe ich zu weit, wenn ich sage, daß der Mensch sich verliert, wenn er sein Glück sucht,

so ungern ich es mir eingestehe, die glücklichen Wochen mit der Goldhaarigen haben mich von mir weggetragen, während mich die unglückliche Zeit, die folgte, zu mir selbst gebracht hat, darüber kann ich mich nicht hinweglügen,

weshalb ich glücklich bin, wenn ich unglücklich bin, und unglücklich, wenn ich glücklich bin, nicht nur im Leben, auch im Schreiben, wo ich jedes Wort genieße, mit dem ich mich selbst überrasche, während ich mir zugleich wünsche, daß ich es nicht schreiben müßte, was gewiß nur ein Mensch wie Sie verstehen kann,

sollte also, was meinen Sie, jeder Mensch danach streben, sein Unglück anstelle seines Glücks zu finden, um mit dem Unglück sich selbst zu finden, um nicht von sich selbst und vom Leben enttäuscht zu werden, manchmal indes gelingt es mir, vom Tschechischen aufgeheitert zu werden, wenn ich dort alte Bekannte in neuem Gewand antreffe, als wäre diese Sprache ein Faschingsball, ein Maskenball für deutsche Wörter, die sich als *ksicht* und *ksindl* verkleiden, als *štamgast* und *štamtiš*, als *sicflajš* und *fajnšmekr* gar, die Tschechen sind alles andere als *cimprlích* im Umgang mit fremden Wörtern,

und so fahre ich regelmäßig nach Pilsen, wo mich mein erster Weg, noch bevor ich das Hotel aufsuche, stets zum Schreibwarenladen der Schwestern Procházková in der Veleslavinova ulice führt, wo ich mir tschechische *Koh-I-Noor*-Bleistifte besorge, nicht stückweise, wie früher der Gelegenheitsraucher seine Orientzigaretten gekauft hat, sondern in Dutzendpackungen, wie es nur ein Süchtiger zuwege bringt, ein Dutzend *Koh-I-Noor* 1500 HB, ein Dutzend B, ein Dutzend 2B, als glaubte ich, wenn ich sie schachtelweise kaufe, meine Chancen zu erhöhen, daß unter ihnen sich welche befinden, in denen die richtigen Worte gefangen sind, nur darf ich mich beim Einkauf nicht fragen, was hinter den beflissenen Mienen der Schwestern Procházková vorgeht,

sie sind wie Tabakhändlerinnen, die gar keinen Begriff davon haben, was sie ihren Kunden verkaufen, weil sie ihr Leben als Nichtraucherinnen verbringen, all die unterschiedlichen

Tabakdüfte noch nie geschmeckt, nie zum Morgenkaffee eine Zigarette geraucht haben, und sehen aus, als hätte noch niemals ein Mann ihre Frauendüfte geschmeckt,

schon wieder dieser Wahnsinnige mit seinen Bleistiften, ob er sie nach dem ersten Stumpfschreiben wegwirft, weil er nicht weiß, was ein Bleistiftspitzer ist?,

dieser Gedanke könnte ihnen naheliegen, weil ich tatsächlich noch niemals einen Bleistiftspitzer, stets nur Bleistifte bei ihnen gekauft habe, sie können ja nicht ahnen, daß ich mehr als nur einen Bleistiftverlängerer besitze, um, wenn es darauf ankommt, zugleich aus mehreren dem Tode nahen Bleistiften die letzten Worte herauszuholen, welche ganz andere sind als diejenigen, die man mit einem frischen Bleistift schreibt, glauben Sie es mir oder glauben Sie es mir nicht, Herr Müller,

ob er, ein glückloser Schriftsteller, sie in rasenden Wutanfällen zerbricht, wenn er seine Verlagsabrechnung zu Gesicht bekommt und sich dabei schwört, nie wieder zu schreiben?,

ob er, wie Gogol, regelmäßig von Haß auf das eigene Werk gepackt wird und, wenn er seine Manuskripte verbrennt, die Bleistifte gleich mit ins Feuer wirft?,

oder ob er, und damit wären die Schwestern Procházková der Wahrheit nah, *die Bleistifte in*

Schubladen lagert, die er auf seinen ruhelosen Wanderungen durch die eigene Wohnung aufzieht, um beim Anblick der Bleistifte an all die Worte zu denken, die er hofft, mit ihnen erworben zu haben, Worte, die in den Minen stecken und nur auf ihn gewartet haben, um von seiner begnadeten Hand auf das Papier gelockt zu werden,

ob er, und auch das wäre ein Teil der Wahrheit, *sinnend einen 2B und einen B in Händen wiegt, sie prüfend beschnuppert, gegeneinanderhält, dann mit ihnen Schriftproben auf unterschiedlichen Papiersorten macht, um zu einem Entschluß zu kommen, ob er seine nächste Kurzgeschichte, seinen nächsten Roman in B, 2B (oder doch HB?) schreiben soll?,*

zur vollständigen Wahrheit würde gehören, daß ich mir einen neuen Bleistift, dessen Spitze ich zum ersten Mal auf Papier setze, stets in bereits heruntergeschriebenem Zustand vorstelle,

weil ich mir nur allzugern vormache, ich hätte das Erlösungswerk am Bleistift bereits vollbracht, ihn von der Last der Worte, die in ihm wohnen, befreit,

was ich gar nicht tun müßte, da ich heruntergeschriebene Bleistifte nicht wegwerfe, sondern in einer gläsernen Vase sammle, wo ich sie mir jederzeit ansehen kann, halten Sie dies für krankhaft, Herr Müller, meinen Sie, dies spricht dafür, daß ich überhaupt mehr in Vorstellungen lebe als in der Wirklichkeit und daß ich der Wahrheit ins Auge sehen muß, nicht die Goldhaarige, sondern meine Vorstellung von ihr geliebt zu haben, oder der womöglich noch bittereren Wahrheit, daß ich gar kein richtiger Schriftsteller bin, sondern ein Bleistiftverschleißer, der dieses Talent nur dann, würden Bleistifte ebenso gern in verschlissenem Zustand gekauft wie Bluejeans und Kommoden, zum Geldverdienen nutzen könnte,

und wenn die Wahrheit bitter ist, wie wir sagen, muß man sich dann nicht eingestehen, daß das süße Verlieben niemals etwas Wahres sein kann?,

natürlich schreiten die Schwestern Procházková niemals gegen die Einkäufe ein; sie leben ja davon, Bleistifte zu verkaufen, egal, was der mutmaßlich wahnsinnige Kunde mit ihnen anstellt, und nur der Umstand, daß sie davon leben, hält sie davon ab, mich vom Kauf abzuhalten, etwa, indem sie fragten, *ist es denn möglich, bitte schön, daß Sie sämtliche sechsunddreißig Bleistifte, die Sie vor sechs Wochen bei uns gekauft haben, zu Stummeln geschrieben haben?,* freilich würden sie sich mit einer solchen Frage verraten, würden zu erkennen geben, daß sich an ihnen noch niemals ein

Mann seinen stolzen Bleistift zu einem erbärmlichen Stummel geschrieben hat, ihnen niemals der weiche Fluß goldenen Haars gegeben war, das ein Mann in 2B, wenn nicht gar 3B heraufbeschwor, sie noch niemals nach einem Abschied schmerzliche Empfindungen hinterließen, die nur in F oder gar 2H zu Papier gebracht werden konnten,

oder falls Sie von den Bleistiften bereits neun Komma fünf Zentimeter verschrieben haben, falls nur noch acht oder gar weniger als acht Zentimeter übrig sein sollten, die nicht mehr gut in der Hand liegen, dann, bitte schön, empfehlen wir Ihnen den original Koh-I-Noor Bleistiftverlängerer, von dem Sie vielleicht am besten gleich drei Stück zum Sonderpreis nehmen, damit Sie nicht umstecken müssen, wenn Sie von B zu HB wechseln, von HB zu 2B, von 2B zu B, bitte schön, was aus ihrem Munde freilich wie *pičén* klingt,

und dann gehe ich mit meinen Bleistiften zum Hotel *Slovan,* ehemals *Zum Österreichischen Kaiser,* ein idealer Schreibort, wie oft bin ich schon von sieben Uhr morgens an im Speisesaal vom *Slovan* gesessen und habe geschrieben und mir gewünscht, daß der Vormittag niemals enden, die Welt in einen endlosen Vormittag versinken möge, in dem mein Bleistift nicht aufhört, Papier mit Handschrift zu bedecken, auch wenn ich weiß, daß es ein Segen ist, daß der Vormittag dem Mittag weichen muß, ich würde mich sonst zu Tode trinken, nicht an Alkohol, an Kaffee,

jeden Tag frage ich mich, wie lange mein Magen es sich noch gefallen lassen wird, daß ich jeden Morgen und Vormittag, ohne dabei etwas Eßbares zu mir zu nehmen, schwarzen Kaffee in mich hineinschütte, bis mir schlecht wird, ich trinke mindestens ebenso viele Tassen Kaffee, wie ich am Vorabend Gläser Bier getrunken habe, irgendeinen Ausgleich muß der Mensch ja haben, sage ich mir,

nur einmal mußte ich beim Frühstück im Hotel *Slovan* von dieser Regel abweichen, an einem sonnendurchglühten Juniwochenende vor zwei Jahren, das ich nicht allein, sondern mit Herrn di Molina in Pilsen verbrachte, der in vielerlei Hinsicht das Gegenteil von Herrn Wahnschaffe darstellt, wiewohl mit ihm gut befreundet,

während Wahnschaffe nämlich bereits in dem Augenblick, da er ein leeres gebundenes Buch erwirbt, aus dem ein Reisetagebuch werden soll, genau weiß, für welche Reise es vorgesehen ist, für die er minutiös die Route vorgeplant hat und daher auch weiß, welche Seiten er mit den Abbildern welcher Reisestationen füllen wird, bekennt sich di Molina dazu, noch in eben jenem

Augenblick, da er den Bleistift auf das Papier setzt, nicht die mindeste Ahnung zu haben, wohin die Linie ihn führen wird, und auch ich muß nebenbei bekennen, daß ich überrascht bin davon, und dies nicht immer angenehm, wohin der Satz an Sie mich führte, den ich ohne Ziel begann,

Verächter von di Molinas Kunst, insbesondere der Doktor, ein Kunstsammler, der die Nuancen zwischen Adoration und Verachtung nicht kennt und Herrn di Molinas Schaffen im selben Übermaß verachtet, wie er Herrn Wahnschaffes Werk verehrt, halten indes dagegen, es sei sehr wohl absehbar, wohin die Linie ihn führen wird, bestehe doch sein Repertoire ohnehin nur aus weiblichen Akten, aus kopulierenden Paaren, aus männlichen und weiblichen Geschlechtsorganen, schrecke er doch nicht einmal davor zurück, der Öffentlichkeit sein eigenes Geschlechtsteil zu präsentieren,

Motive, die in Wahnschaffes Werk wiederum einen nur geringen Anteil ausmachen, Wahnschaffe sammelt, wie Sie wissen, nicht Mädchen, sondern Biergärten und Städte,

und dennoch war es di Molina, nicht Wahnschaffe, der mir eines Sommers vorgeschlagen hatte, Pilsener Kneipen zu porträtieren und mit ihm zusammen ein bierseliges Kunstwerk zu erschaffen, und so ließen wir uns am Samstag jenes Sonnwendwochenendes durch die Stadt treiben, von Lokal zu Lokal, von Bier zu Bier, erledigten dazwischen, zur Erholung, wie wir dachten, den Besuch des Brauereimuseums, an dessen Kasse uns jedoch außer den Eintrittskarten zwei Wertmarken ausgehändigt wurden, die zum Konsum eines unfiltrierten Pilsner Urquell im benachbarten Lokal berechtigten und uns damit zur Bestellung weiterer Biere animierten, die sich mitsamt der Hitze unserem Plan, zumindest den Grundstein eines gemeinsamen Kunstwerks zu legen, entgegenstellten,

wir beide, so hatten wir uns vorgenommen, würden die Atmosphäre eines Lokals intuitiv erfassen, in kongenialer Kooperation festhalten und einen so noch nie dagewesenen, wahrhaft künstlerischen Führer durch Pilsens Kneipen erschaffen, jeder von uns mit Bleistiftlinien und -strichen, Herr di Molina in Bild, ich in Wort, jeder von uns mit seinem Lieblingsbleistift, er mit einem grauen *Faber Castell Grip 2B*, ich mit einem hellbraunen *Koh-I-Noor 1500 HB*, vielleicht auch *B*, aber natürlich in diesem besonderen Fall um Gottes willen nicht *2B*, um keinesfalls mit seinen Linien zu kollidieren, so wollten wir gemeinsam ans Werk gehen, nicht nur an diesem einen Wochenende, versteht sich, sondern, zwar nicht jetzt sofort, so doch in absehbarer Zukunft, erstaunlich, daß, wenn ich dies nebenbei bemerken darf, Herr Wahnschaffe keinen Lieblingsbleistift hat, ich habe ihn schon mit einem *Herlitz Scolair* zeichnen sehen, einem *Faber Castell Dessin 2000,* die beide einem *Faber Castell 9000* oder einem *Koh-I-Noor 1500* nachstehen, als wolle Wahnschaffe mit der beliebigen Wahl seiner Bleistifte zeigen, daß die wahrhaft begnadete Hand mit jedem Stift ihre Zauberkraft entfalten kann,

einen ganzen Monat lang wollten wir, Herr di Molina und ich, uns im *Slovan* einmieten und jeden Abend auf Tour gehen, bis in die Vorstädte wollten wir fahren mit Straßenbahn und Trolleybus, wollten Eckkneipen besuchen, die der normale Tourist, der sich über die Innenstadt nicht hinausbewegt, niemals zu Gesicht bekommt, und all diese Kneipen in unserem künstlerischen Kneipenführer verewigen, zu solchen Träumen hatten wir uns verstiegen, Herr Müller, obwohl uns bewußt war, daß wir niemals den nötigen Etat aufbringen würden, und wir allein für jenes Wochenende unsere ohnehin schon überzogenen Bankkonten bis zum Anschlag ausreizen mußten, Sie als Freiberufler kennen das bestimmt,

man denkt sich, irgendwann *muß* doch einmal der Ausgleich kommen, der gerechte Ausgleich für all die Verluste, die man schon erlitten hat, die horrenden Steuernachzahlungen, die man leisten mußte, trotz der entmutigenden Erlöse, die man für seine Kunst bekommen hat, überhaupt die fortwährenden Demütigungen durch das Finanzamt, das in jedem Menschen nur noch den potentiellen Steuerverbrecher sieht, nicht den Menschen, der man wirklich ist,

nein, Finanzbeamte halten alle Menschen, die keine Finanzbeamten sind, bestenfalls für Staatssklaven und schlimmstenfalls für Steuerverbrecher, mit denen auch nur ansatzweise das zu praktizieren, was kultivierte Menschen wie Sie und ich für einen angemessenen Umgangston halten, völlig unnötig ist, man merkt Finanzbeamten nur zu deutlich an, was der blutsaugende Staat von seinen Bürgern hält, die in vergangenen Zeiten nur den Zehnten leisten mußten,

was bin ich nicht schon am Telefon von meiner Sachbearbeiterin im Finanzamt angeschrien worden, als Reaktion auf meine liebenswürdigen Briefe werde ich von ihr per Telefon abgekanzelt wie ein Rekrut auf dem Kasernenhof, und es hilft mir nichts, den Hörer am ausgestreckten Arm so weit wie nur möglich von meinem Ohr zu entfernen, für diese Stimme sind meine Arme zu kurz, die Sachbearbeiterin ist als Telefonstimme das, was meine Vermieterin in Briefen ist,

ich hingegen formuliere meine Briefe stets

mit ausgesuchter Höflichkeit und beginne jeden Brief, wie es mich mein Vater gelehrt hat, mit den Worten »Liebes Finanzamt!«, um alsdann mein Anliegen vorzubringen,

dazu müssen Sie wissen, Herr Müller, daß mein Vater Experte war für amtliche Korrespondenz, hatte er doch viele Jahre eine Stelle bei der Gemeinde Halfing im Chiemgau inne, wo er die brieflich eingehenden Anliegen der Bevölkerung zu bearbeiten hatte,

dabei zeigte sich ihm schon in den ersten Tagen, daß in Oberbayern weder die sogenannte alte noch die sogenannte neue Rechtschreibung praktiziert wird, sondern die noch ältere Rechtschreibung und Grammatik nach Ludwig Thoma, wie sie in seinem Werk *Josef Filsers Briefwexel* zu finden ist, wovon er sich in seinen Briefen an mich, wie auch an sein Finanzamt inspirieren ließ,

eine jener Inspirationsquellen, die er, als sie nach der vorgeschriebenen Aufbewahrungszeit in den Reißwolf wandern sollte, mit nach Hause nahm, werde ich niemals vergessen,

lieber Gemeinderat, schrieb ein gewisser Herr Mitterer, in unserem Heimatmuseum lagern, wie jedermann in unserer Gemeinde weiß, drei Kanonenkugeln aus dem Ersten Weltkrieg, und lieber Gemeinderat, weil ich bald meinen neunzigsten Geburtstag feiere, möchte ich darum ersuchen, ob mir nicht der verehrte Gemeinderat zum Geburtstag die drei Kanonenkugeln schenken möchte, indem daß ich als Kriegsteilnehmer eine ganz besondere Beziehung zu denselben habe, hochachtungsvoll, Unterschrift,

mein Vater erzählte mir, Herr Mitterer sei beim Gemeinderat für seine Starrköpfigkeit berüchtigt gewesen, jeder könne sich noch gut an die langjährige Korrespondenz zwischen Herrn Mitterer, seinem Nachbarn Moser und der Gemeinde erinnern, in der es um strittige fünfundzwanzig Zentimeter zwischen ihren Grundstücken ging, eine Korrespondenz, die im Verlauf von sieben Jahren drei Bürgermeister aufrieb, von denen der erste in der Trunksucht, der zweite im Bezirkskrankenhaus und der dritte im vorzeitigen Ruhestand endete, so daß die Diskussion im Gemeinderat darüber, wie mit den Kanonenkugeln zu verfahren sei, bis in die tiefe Nacht dauerte und schließlich, wie auf dem Schreiben vermerkt, zum Beschluß führte, Herrn Mitterer die Kanonenkugeln, die ohnehin nicht ausgestellt waren, sondern sich im Keller des Heimatmuseums befanden, leihweise zur Verfügung zu stellen,

doch trug Herrn Mitterers Schreiben, das mein Vater vor dem Reißwolf gerettet hatte, noch einen weiteren amtlichen und endgültigen Vermerk, der besagte, Herr Mitterer sei im Heimatmuseum erschienen, habe jedoch die Kanonenkugeln nicht mitgenommen, weil sie ihm zu schwer gewesen seien,

liebes Finanzamt, lautete also mein letzter Brief, beeinflußt von der Schule meines Vaters, aber unter Verzicht auf die bayerische Orthographie nach Ludwig Thoma, die in Nürnberg nicht verstanden wird, *liebes Finanzamt, mit dem Einkommensteuerbescheid hast Du mich darauf hingewiesen, daß ich mich mit so einer formlosen Steuererklärung wie bisher nicht mehr blicken lassen brauche, sondern daß ich gefälligst eine Anlage S ausfüllen soll, aber, liebes Finanzamt,* fuhr ich fort, *als ich vor Jahren den zweifelhaften Weg eingeschlagen habe, mich als Schriftsteller durchs Leben zu bringen, habe ich mir tatsächlich für meine erstmalige Steuererklärung als Freiberufler die Anlage GSE mit nach Hause genommen und dieselbe lange und sorgfältig studiert, habe eine Vielzahl von Rubriken und Feldern gefunden, die meine Verhältnisse nicht im mindesten betrafen, und wurde von immer größerer Ratlosigkeit befallen, wie und wo ich denn etwas auszufüllen hätte, es drängte sich mir der Eindruck auf, daß Du unter einem Freiberufler einen Architekten, Rechtsanwalt oder Immobilienmakler verstehst, der ein repräsentatives Büro mit Angestellten betreibt, drei schicke*

Autos fährt und mehrere Zweitwohnsitze hat, aber nicht jemanden wie mich, der keine Ersparnisse hat, keine Aktien, keine Nebenkonten, keine Auslandseinkünfte und was man sonst noch alles haben kann, weshalb ich damals in meiner Verzweiflung alle meine Einnahmen und Ausgaben formlos auf ein A4-Blatt getippt und Jahr für Jahr bang gehofft habe, daß Du meinen guten Willen siehst und diese Art der Steuererklärung akzeptierst, doch damit ist es, wie Du schreibst, nun vorbei, und so möchte ich Dich fragen, inwieweit Du mir mit der Anlage S zur Seite stehen kannst, ich weiß, ein Steuerberater könnte mir helfen, nur, was soll jemand aus meiner Einkommensschicht bei einem Steuerberater, lieber halte ich mich an meine Freunde, die mir sagen, daß sie, seit sie das Zwangsprogramm Elster nutzen, plötzlich viel mehr Arbeit mit der Steuererklärung haben als vorher, was, so erklären sie mir, unter anderem daran liegt, daß das Programm zwischendurch ihre Steuernummer vergißt, so daß sie sich umständlich wieder neu anmelden müssen, womit sie eine ganze Menge Zeit vertun, und überhaupt, so sagen sie, sei alles viel umständlicher als früher, was mich dazu brachte, weiterhin an der guten alten Steuererklärung auf Papier festzuhalten, zumal Du ja die Formulare noch immer in Deinem Foyer feilbietest, doch ich sehe, jetzt weht offenbar ein anderer Wind, und deshalb wäre es äußerst entgegenkommend von Dir, wenn Du mir eine nette Dame oder einen netten Herrn aus Deinem Hause empfehlen würdest, bei der oder dem ich einmal wegen all dieser Probleme vorbeischauen könnte, ohne das Gefühl zu bekommen, ein lästiges Sandkörnchen in Deinem gutgeölten Getriebe zu sein, es grüßt Dich ergebenst: Unterschrift,

die Reaktion auf diesen Brief, Herr Müller, ließ nur zwei Tage auf sich warten, das Telefon klingelte, eine Frau K. fragte mich, ob der Brief ernst gemeint sei, und schrie, nachdem ich bejaht hatte, zehn Minuten lang, ich habe auf die Uhr gesehen, zehn Minuten, ohne ein einziges Mal einzuatmen, ihre Finanzbeamtinnenwut in die Sprechmuschel, man mache, schrie sie, permanent Überstunden im Amt, weil dreißig Prozent aller Steuererklärungen, darunter auch meine, hinten und vorne nicht stimmten, und zählte mir haarklein auf, was ich in den letzten Jahren alles falsch gemacht hatte, finden Sie nicht auch, Herr Müller, daß diese Quote von dreißig Prozent für eine längst überfällige Vereinfachung des Steuerrechts spricht, was ich Frau K. gern mitgeteilt hätte, wenn es mir gelungen wäre, ihrem Redestrom Einhalt zu gebieten, aber es gelang mir ebensowenig, wie es Ihnen gelingt, meinem Satz Einhalt zu gebieten, der erst dann zu Ende ist, wenn ich es will, sie befahl mir, im Supermarkt für fünf Euro eine Steuersoftware-CD zu erwerben, weil, so fügte sie zu meinem Erstaunen hinzu, nicht einmal sie als ausgebildete Finanzbeamtin sich direkt in das Elstersystem einloggen würde, in dem sich nichts von selbst erkläre, was bedeute, daß Leute wie ich, und es klang, als hätte sie statt »Leute« lieber ein anderes Wort verwendet, es gleich vergessen könnten, damit zurechtzukommen,

wir könnten die Beleidigungen des Finanzamts ja schlucken, Sie und ich, Herr Müller, nicht nur schlucken, nein, Freudenfeste würden wir feiern, wenn man uns, wie im Mittelalter, nur den Zehnten abnähme, oder wenn wir, wie 1900 in Österreich, nur fünf Prozent Einkommensteuer zahlen müßten, wenn wir dem Steuerschwitzkasten des Staates und seiner Handlanger, die uns, zählt man sämtliche Steuern zusammen, weitaus mehr als den Halben statt nur den Zehnten rauben und uns dabei wie das behandeln, was in Wahrheit sie selbst sind, Verbrecher, entrinnen könnten,

doch gefangen in dieser Unentrinnbarkeit fängt man an, wundergläubig zu werden,

nicht daß ich an das Wunder glaubte, der Staat würde seine Finanzbeamten zu Menschen mit höflichen Umgangsformen und liebenswürdigem Umgangston erziehen, sie im Umgang mit Menschen wie mir schulen, die im Grunde ihres Herzens ehrlich, aber in Steuerangelegenheiten unbeholfen sind,

ähnlich Herrn di Molina, der sich seit über einem Jahr alle nur erdenkliche Mühe gibt, auf seinem veralteten Apfelrechner Formulare auszufüllen, die, wie man ihm seitens des Finanzamts versichert, für sein Modell geeignet sind, sich aber dennoch sträuben,

und von Herrn Wahnschaffe wollen wir in diesem Zusammenhang erst gar nicht reden, zählt er doch zu der verbliebenen kleinen Handvoll Menschen, die weder einen Rechner besitzen noch mit einem solchen Gerät umzugehen wissen und Tag für Tag mit dem Gefühl leben müssen, auf dieser Welt nicht mehr erwünscht zu sein,

oder daß ich gar an das Wunder glaubte, der Staat würde in seinen Finanzämtern Sonderabteilungen einrichten, in denen er Beamte beschäftigt, die Kunst zu schätzen wissen und milde mit einer sensiblen Künstlerseele umgehen, die am Rande des Existenzminimums darbt, mit Beamten, die zu einem di Molina oder Wahnschaffe sagen, »Sie glauben gar nicht, mit wie großer Freude ich Ihre letzte Ausstellung besucht habe, auf der ich mir von meinem üppigen Beamtensalär ein Bild von Ihnen geleistet habe, das mich jeden Tag, wenn ich von der

Arbeit nach Hause komme, freundlich im Flur begrüßt, das jeden Morgen, bevor ich mich wieder auf den Weg ins Finanzamt mache, meine Seele erbaut und sie in selige Schwingungen versetzt, die sie befähigen, das tägliche trokkene Amtsleben zu überstehen, Sie haben ganz richtig gehört, ich war derjenige Wohltäter, der Ihnen ein Werk, und zwar nicht irgendeins, sondern das teuerste abgekauft hat, da ich ja Ihre finanziellen Verhältnisse bis in die geheimsten Winkel kenne, mir im Angesicht Ihrer Steuererklärung schon unzählige Male Tränen auf die Schreibtischunterlage geflossen sind, wovon, habe ich mich weinend gefragt, lebt dieser Mensch eigentlich?, und: hat dieser Mensch ein solches Dasein verdient?, ein Mensch wie Sie, der sich in seinem Atelier dem Schönsten und Erhabensten widmet, was dem menschlichen Dasein gegeben ist, der Kunst, der sich mit aller Kraft gegen diese an Infrastrukturgeschwüren erkrankte Welt anstemmt und ihr sein Schaffen entgegensetzt, mit dem er den Betrachter auf Inseln des Wohlbehagens entführt oder ihm aufrüttelnd den Zustand der Welt und des Menschen vor Augen führt«,

ja, auch dafür ist Kunst da, dem Menschen zu zeigen, wer er eigentlich ist, mit Bildern, die ganze Philosophiebände ersetzen, so wie es Friedrich Karl Waechter mit der Zeichnung eines Mannes gelang, dessen Kopf knapp über eine Tischplatte ragt, an der er sich mit beiden Händen festklammert, und der einem Kasperltheater zusieht, das er sich selbst vorführt, mit den Handpuppen eines Kaspers und eines Sensenmanns auf seinen Füßen, die am anderen Ende des Tisches hervorragen,

er läßt den Kasper auf den Sensenmann einschlagen, indessen darunter, unter dem Tisch, der wirkliche Tod eine Grube aushebt, in die der Mann unweigerlich in den nächsten Minuten mitsamt dem Tisch stürzen wird,

kann man besser in ein Bild fassen, wie wir uns ein Leben lang etwas vormachen?,

und so glaube ich an die Kunst, nicht aber an Beamtinnen voll Charme und Liebreiz, die einen Schriftsteller bezaubern, ihm eine Ahnung davon geben könnten, daß es möglich sein muß, sich glücklich zu verlieben, indem sie ihm versichern, daß es ihnen eine Freude ist, den Verfasser der Bücher, die ihr Herz berührt haben, endlich persönlich kennenlernen zu dürfen, und das amtliche Joch von seinen Schultern nehmen, indem sie sagen, »keinesfalls darf ein Mann der schönen und wahren Worte, wie Sie es sind, dazu genötigt werden, nüchterne Ziffern und Zahlen in staubtrockene Finanzamtsformulare zu notieren, nur allzugut verstehen wir, daß Ihre Schaffenskraft allein vom Gedanken daran für

Monate, wenn nicht Jahre erlahmen, Ihr innerer Inspirationsquell versiegen würde, was um keinen Preis geschehen darf,

bringen Sie uns einfach Ihre Kontoauszüge und Bleistiftquittungen vorbei, den Rest erledigen wir für Sie und werden selbstverständlich jeden Zweifelsfall zu Ihren Gunsten auslegen, um Ihr darbendes Bankkonto mit einer Steuerrückzahlung zu beglücken, und vielleicht dürfen wir der Hoffnung Ausdruck geben, daß Sie im Gegenzug unsere Kennenlernensfreude noch weiter steigern und reihum mit jeder Kollegin einen romantischen Abend bei Kerzenschein verbringen, was uns das Ende eines trostlosen Arbeitstages im Finanzamt in einen goldenen, verheißungsvollen Schein tauchen würde«,

sagen Sie selbst, Herr Müller, wäre so etwas nicht ein wahrhaftiges Wunder in einer Zeit wie der unseren, in der nur das Sichtbare, nicht das Unsichtbare zählt,

in der nur die sichtbaren Behinderungen zählen, nicht die unsichtbaren,

meine Seele geht an Krücken und wäre dankbar, wenigstens einen Rollstuhl zu haben, und da bin ich gewiß nicht der einzige, doch wer käme auf die Idee, Menschen mit einer solchen Behinderung einen barrierefreien Zugang zum Finanzamt zu schaffen, in einer Epoche, in der wir auf die Körperlichkeit fixiert sind, geradezu hofiert wird man heutzutage als körperlich Behinderter, während man als seelisch Behinderter in fortwährender Angst lebt, leben muß, weggesperrt zu werden,

nur Ihnen, Herr Müller, kann ich meine seelischen Behinderungen bekennen, und deshalb muß alles, was ich Ihnen sage, unter uns bleiben, niemals darf ein anderer Mensch erfahren, was ich Ihnen anvertraue, am allerwenigsten meine Vermieterin, denn ein anderer Mensch als Sie würde mich ja für völlig übergeschnappt halten, würde mich für verrückt erklären und nicht etwa Rampen und Aufzüge und Toiletten für meine Verrücktheit konstruieren, sondern mich wegsperren lassen, weil meiner Behinderung mit Rampen, Aufzügen und Toiletten nicht beizukommen, weil sie damit nicht zu lindern ist,

zudem weiß ich wohl, daß die Welt nach dem Prinzip Zuckerbrot und Peitsche funktioniert, da Künstler wie Wahnschaffe und di Molina vom Staat mit wenig Zuckerbrot und vielen Peitschenhieben bedacht werden,

das Zuckerbrot sind die Kulturpreise, die anzunehmen man sich schämen muß, weil die Geldbeträge gerade einmal einen Bruchteil des Monatseinkommens derjenigen äquivalieren, die sie mit großer Geste vergeben,

die Peitschenhiebe sind die Bedingungen, die der Staat den Künstlern auferlegt, auch meinem Freund Andrea di Molina, der, um sein karges Einkommen aufzubessern, in einem staatlichen Museum Bilder an die frischgetünchten Wände hängt, Bilder, deren Werte sich in Millionen beziffern, was sich in den Versicherungssummen niederschlägt,

der aber, wie er mir erzählte, diese vergleichsweise kärglich entlohnte Tätigkeit schon binnen Monatsfrist verlieren wird, weil das Museum den Vorgaben des Staates, di Molinas befristete geringfügige Anstellung in eine Festanstellung zu verwandeln, nicht entspricht und statt seiner den nächsten Befristeten einstellt, nur um keine festangestellte Kraft zu beschäftigen, die man womöglich nicht mehr los wird, wobei ich mich frage, wie man auf die Idee kommen kann, einen Herrn di Molina wieder loswerden zu wollen, jemanden wie ihn, der als Künstler und Galerist, Ästhet und Handwerker wie kein anderer dazu berufen ist, seine Fähigkeiten einem Museum zur Verfügung zu stellen, um auf der eingeschlagenen Künstlerlaufbahn bleiben zu können,

wie gern würde ich ihn als Gönner und Mäzen, als Käufer seiner Werke erlösen und für das Wunder sorgen, das ihn rettet, wenn meine finanzielle Situation der seinen nur nicht so nahe wäre,

und deshalb, Herr Müller, glaube ich nicht an ein solches Staats- und Finanzamtswunder, sondern denke mir nur, irgendwann *muß* doch einmal das Wunder geschehen, daß eine Zeichnung einen fünfstelligen statt dreistelligen Betrag abwirft, der Buchabsatz sich nicht nur im dreistelligen, sondern im fünfstelligen Bereich bewegt,

ich gebe zu, es ist ein Wahn, sich so etwas vorzustellen, keine Vision, ein Wahn, aber wenn man der Realität ins Auge sehen würde, dieser fortwährend bedrängenden und einschnürenden Realität, die von Finanzbeamten verwaltet wird, würde man ja überhaupt nichts mehr machen, nur noch in Dauerlähmung durch ein Leben treiben, von dem ein Mensch wie ich sich ohnehin nicht mehr viel erwartet, außer, nicht bis zum Lebensende Norma-Spaghetti essen und französischen Landwein in der Ein-Liter-Flasche zu eins neunundsechzig trinken zu müssen,

natürlich trinke ich diesen Wein nicht, sage ich bei jedem Einkauf in Gedanken zur Kassiererin, ich kaufe ihn nur als Kochwein, denn ich finde, es geht nichts über Gulaschfleisch, das einen Tag und eine Nacht in Rotweinmarinade lag, nichts über ein Gulasch, das mit Rotwein aufgegossen wird, oder, denke ich fragend an der Supermarktkasse, halten Sie mich etwa für einen verarmten Alkoholiker, dessen einzige Freude in Ihrem französischen Landwein für eins neunundsechzig besteht?, dann, muß ich sagen, haben Sie sich in mir getäuscht, lesen Sie meine Bücher, wenn Sie wissen möchten, wer ich wirklich bin, dort werden Sie mein wahres Ich finden, nicht in dem Menschen, der gerade in dieser armseligen Supermarktfiliale am Rand der Nürnberger Südstadt vor Ihnen steht und nicht weiß, soll er nun die Ware, die Sie so blitzschnell über den Scanner gezogen haben, in der Plastiktüte verstauen, oder doch zuerst nach seinem Kleingeld kramen,

es ist überfällig, finde ich, daß die Supermärkte nicht nur ihre Angestellten, sondern auch ihre Kunden im Dienst an der Kasse ausbilden, um sie nicht gar so würdelos erscheinen zu lassen, wenn sie mit nervösen Fingern nach Kleingeld wühlen und eigentlich zugleich den an der Kasse aufgehäuften Warenberg verstauen müßten, um die nachrückenden Kunden nicht zu behindern,

doch zurück zu jenem glühenden Wochenende in Pilsen, an dem Herr di Molina und ich mit den hehrsten Plänen im Künstlerherzen durch die Straßen taumelten, dem Hitzekollaps bedrohlich nah, gegen den wir kein anderes Mittel wußten, als von Lokal zu Lokal zu ziehen und immer noch ein und noch ein Bier zu bestellen und auszutrinken,

dabei verloren wir den Blick für das eigentliche Ziel unseres Schaffens, was nicht nur, wie

Sie vielleicht denken werden, an den Bieren lag, sondern auch an den Rocksäumen der Pilsener Studentinnen, die mit jedem halben Hitzegrad um weitere Zentimeter nach oben wanderten, was Herrn di Molina allerdings mehr in Aufruhr versetzte als mich, da keine der Studentinnen, die an uns vorüberflanierten, vom Schicksal dazu ausersehen war, meine nächste unglückliche Liebe zu werden,

ist es Ihnen auch schon aufgefallen, Herr Müller, daß die Leute lachen, wenn man von Schicksal spricht,

daß sie einen fragen, ob man an dunkle Wolken glaube, die über einem schweben,

was ich nicht tue,

aber ich denke mir, wer die Welt und sein eigenes Leben für eine wirre Ansammlung von Zufälligkeiten hält, dem ist nicht mehr zu helfen, finden Sie nicht auch, Herr Müller,

wenngleich ich an manchen Schicksalsfragen verzweifeln könnte,

so frage ich mich etwa, in was für eine Grube ich an jenem Novembernachmittag gestürzt wäre oder was sonst mit mir geschehen wäre, wenn ich *nicht* mit Jaroslav nach Číhaná gefahren, *nicht* durch seinen Garten spaziert wäre,

oder stellt sich die Frage gar nicht, weil meine Entscheidung, Jaroslav zu begleiten, nur scheinbar frei war und ich mich in Wahrheit gar nicht anders entscheiden konnte,

aber vielleicht sollte ich mich besser nicht in Fragen verstricken, die kein Mensch beantworten kann, sondern Ihnen lieber weiter von dem Wochenende erzählen, an dem die Hitze dazu führte, daß unser gemeinsames Projekt erst gegen zwei Uhr morgens ansatzweise verwirklicht wurde, als wir, eigentlich schon völlig erschöpft, auf dem Rückweg zum Hotel *Slovan*, nur fünfzig Meter, bevor wir den Hoteleingang erreichten, an einem Kneipeneingang vorbeikamen und beschlossen, unserer Neugier nachzugeben, auch diese Kneipe namens *Sally Brown* noch zu betreten, wodurch wir, wie wir zu unserer Verlegenheit sogleich bemerkten, das Durchschnittsalter der Tresenbesatzung erheblich steigerten, so daß uns nur noch die Flucht in die Kunst blieb, um die kleine Handvoll Gäste davon zu überzeugen, daß wir weder Zivilfahnder noch Sextouristen sind, und also griff Herr di Molina nach einem Quittungsblock und warf mit seinem Faber Castell 2B ein Porträt der Gäste am Tresen aufs Papier, während ich mich in meinem besten Kneipentschechisch, man muß in der Kneipe nur darauf achten, oft genug *ty vole,* du Ochse, in jede Äußerung einzuflechten, nach der Musik erkundigte, die gerade lief, nach dem Namen der Sängerin, ich weiß nicht, was man daraus, daß die Tschechen *ty vole* sagen, wo wir »hey, Alter« sagen, über den tschechischen Nationalcharakter schlußfolgern kann, aber es verhilft dem Ausländer zu einem authentischen Tschechisch, *ty vole* in seinen aktiven Wortschatz zu integrieren, weil man damit jede Pause im Redestrom, die dadurch entsteht, daß man über das richtige Wort nachdenken muß, ebenso elegant wie authentisch füllen kann,

geile Musik, du Ochse, sagte ich also, wie heißt denn die Sängerin, du Ochse, und sah dabei aus dem Augenwinkel, wie Herr di Molina mit trunkenem Überschwang in den vollen Aschenbecher griff, um mithilfe von Zigarettenasche, die er aufs Papier rieb, für die nötigen Schattierungen in seiner Bleistiftzeichnung zu sorgen,

ich selbst zog sodann meinen eigenen Bleistift aus der Tasche, um unser Wohlgefallen an der Musik, die in der Kneipe lief, am Rand seiner Zeichnung in Worte zu fassen, und als jeder von uns beiden seine Spuren in 2B und HB auf dem Blatt hinterlassen hatte, befestigte Herr di Molina unser gemeinsames Werk mittels eines eingerammten Schraubenziehers an der Wand, und nur dies noch, um Ihre Neugier zu stillen, Herr Müller, wir wurden nach dieser Tat nicht etwa hinausgeworfen, sondern weiterhin mit Wohlwollen behandelt, mußten allerdings bei unserem nächsten Besuch, einige Wochen später, feststellen, daß die Zeichnung nicht mehr an ihrem Platz hing, doch lassen Sie uns dies als unwesentliches Problem betrachten angesichts dessen, daß ich am Morgen danach noch vor Herrn di Molina im Speisesaal des Hotels *Slovan* eintraf,

zum Schreiben, wie Sie sich gewiß denken können, völlig unfähig,

aber nach dem ersten Kaffee durchaus fähig, die Route des vergangenen Tages nachzuvollziehen, die Biere zu addieren und zu ermitteln, daß ich weitere dreizehn Tassen Kaffee trinken müßte, um für einen vollkommenen Ausgleich der Biere des Vortages zu sorgen, ein Wahnwitz, wie selbst Sie als der geübte Kaffeetrinker, als den ich Sie kenne, gewiß zugeben werden, ein Wahnwitz, der mir mehr Schaden zugefügt hätte als die vierzehn Biere des Vortags, vor allem dann, wenn ich meiner Gewohnheit gefolgt wäre, zu jeder Tasse Kaffee mindestens drei Zigaretten zu rauchen, wovon ich natürlich Abstand genommen habe, obwohl ich gerade in Pilsen schon die wahnwitzigsten Pläne gefaßt habe, dann nämlich, wenn mir einerseits das Geld ausgegangen war und ich andererseits nicht die mindeste Lust hatte, nach Nürnberg zurückzukehren, die wahnwitzigsten Pläne, um mir irgendeinen Broterwerb zu verschaffen und nicht nach Nürnberg zurückkehren zu müssen,

denn in Nürnberg erwartet mich ja meine Vermieterin, deren boshafte Leber ihr stapelweise Unterstellungsbriefe an mich diktiert, die sie ohne Porto an mich loswird, weil sie im selben Haus wohnt,

sie muß nur zwei Stockwerke hinab zu den Briefkästen gehen, um die Brieffeindschaft mit mir zu pflegen, an manchen Tagen habe ich schon drei Briefe von ihr, auf den Kuverts stets der Vermerk »unter Zeugen eingeworfen«, im Kasten vorgefunden, wofür sie sich nicht im mindesten schämt, sich vielmehr ausdrücklich dazu bekennt,

»Am Montag, 5.9.«, schreibt sie mir, »habe ich Ihnen, unter Zeugen, 3 (drei) Briefe persönlich in Ihren Briefkasten geworfen, die Sie mir, – postwendend – zurück in meinen Briefkasten geschmissen haben«,

bemerken Sie nebenbei, Herr Müller, zu welch feinen stilistischen Nuancen meine Vermieterin fähig ist, man möchte einem Menschen, dessen Briefe mit Interpunktions-, Orthographie- und Grammatikfehlern nur so gespickt sind, nicht zutrauen, daß er den Niveauunterschied zwischen »werfen« und »schmeißen« so geschickt in seinem Sinne einzusetzen vermag,

sie hat mir die Briefe in den Kasten *geworfen* und dazu womöglich eine Pirouette im Hausflur gedreht, ich hingegen habe ihr die Briefe in den Kasten *geschmissen,* als handle es sich um Müll,

ebenso drückt sie ihren Wunsch, mich loszuwerden, fast unmerklich subtil aus, indem sie die Wohnung, in der ich lebe, stets als die von mir *angemietete* Wohnung bezeichnet, und ich glaube, Sie besitzen genug Feingefühl, Herr Müller, um zu spüren, was für ein Provisorium die Vorsilbe »an-« aus dem Verb »mieten« macht, *angemietet* klingt, als hätte ich die Wohnung als vorübergehendes Zweitquartier gemietet, in dem ich mich nur von Fall zu Fall aufhalte und das ich bald wieder aufzugeben gedenke,

auch gelingen ihr geniale Fehler, Freudsche Verschreiber geradezu, »was Sie jedoch aus den beiden Geräten Gasofen und Herd gemacht haben«, schreibt sie mir, »das interessiert mich sehr wohl, denn Sie sind mein Eigentum«, könnte sie deutlicher als durch das irrtümlich groß geschriebene Pronomen ausdrücken, was ich für sie bin?,

doch nicht nur Vermieterinnenprosa erwartet mich bei der Rückkehr, nein, in Nürnberg erwartet mich auch eine Zeitung, die man nur deswegen als solche bezeichnen kann, weil sie aus Druckerschwärze auf Papier besteht, und das ist auch schon alles, was diese Zeitung, die Tag für Tag in Hunderttausenden Exemplaren die Stadt und ihr Umland überschwemmt, damit sich die Käufer und Abonnenten an ihr dummlesen können, mit dem gemein hat, was ein normaler Mensch unter einer Zeitung versteht,

die Art und Weise aber, wie die Druckerfarbe auf dem Papier verteilt ist, zu was für Bildern und Sätzen sie geformt wird, ist eine einzige Leserverhöhnung,

ist am Wochenende das Wetter schön gewesen, können die Leser am Montag auf der Titelseite und im Lokalteil nachlesen, daß das Wetter schön gewesen ist und daß die Nürnberger das schöne Wetter genutzt haben, um am Dutzendteich spazierenzugehen, um die Freibäder zu überfüllen oder die Fränkische Schweiz heimzusuchen,

ist das Wetter schlecht gewesen, wird üblicherweise formuliert, daß es der Wettergott leider gar nicht gut gemeint habe,

dazu wird stets ein Beweisfoto geliefert, und der Wettergott allein weiß, wie oft sich der Zeitungsfotograf schon auf den Weg machen mußte, um den Tiergarten bei Sonnenschein und den Dutzendteich im Regen zu fotografieren,

wie viele Fotos vom Naturgartenbad in Erlenstegen, wo man sich *im kühlen Naß erfrischt,* und vom Alten Kanal, wo man *auf dem gefrorenen Naß Schlittschuh läuft,* im Zeitungsarchiv aufbewahrt werden, das schlimmste aber ist, ich schrumpfe vor dieser Zeitung zu dem fünfjährigen Knaben, der ich einmal war, sobald ich in der Wochenendbeilage die Witzseite aufschlage,

zu dem fünfjährigen Knaben, der bei seiner Großmutter die stapelweise gesammelten Zeitungen *Bäckerblume* und *Lukullus* nach den Witzseiten durchforstete und die Witze las, in denen die Frauen Elvira und die Männer Balduin hießen, Witze, die, wie ich natürlich erst später erkennen konnte, ebenso abgeschmackt wie verklemmt um das eheliche und voreheliche Leben kreisten und schon damals, als ich sie las, vom Staub einer vergangenen Epoche bedeckt waren,

heute ahne ich, all die Stapel *Bäckerblume* und *Lukullus* sind vom Haushalt meiner Großmutter in die Wochenendredaktion des *Nürnberger Tagblatts* geraten, und ich traue meiner äußerst sparsamen Großmutter, einer gelernten Hauswirtschafterin, die das *Nürnberger Tagblatt* abonniert hatte, zu, daß sie, anstatt ihr Abonnement zu bezahlen, ein Tauschgeschäft ausgehandelt und die Redaktion regelmäßig mit Stapeln von *Bäckerblume* und *Lukullus* versorgt hat, die sie mit einem Leiterwägelchen von ihrer Wohnung in der Südstadt, die sie seit den dreißiger Jahren bewohnte, zum Redaktionsgebäude am Rand der Innenstadt zog, ich traue ihr auch die nötige Resolutheit zu, denn meine Großmutter mütterlicherseits, müssen Sie wissen, war eine Frau von der Sorte, die Männer das Fürchten lehren kann, und nicht nur sie, meine beiden Großmütter waren Frauen, die mir die Tatsache, daß Frauen, laut Gesetz, bis in die sechziger Jahre hinein entmündigte, rechtlose Anhängsel ihres Ehemannes waren, als geradezu grotesk unglaubwürdig erscheinen läßt, ich bin, wie Sie wissen, Herr Müller, in den sechziger Jahren vom Säugling zum Grundschüler herangewachsen, und dies, wie Sie nicht wissen, unter der Herrschaft von Frauen, die ihre Männer und Nachkommen, kurz, ihre gesamten Familien und, wie mir damals schien, die ganze Welt, inklusive mich, der durch sie stolperte, fest im Griff hatten,

meine Großmutter väterlicherseits hat nur ihr erstes Kind mit ihrem Ehemann gezeugt, das zweite schon mit einem Liebhaber, den sie nicht bekommen konnte, weil er verheiratet war, weswegen sie ihren Mann, den sie von Anfang an nicht geliebt hatte, haßte, ebenso wie das Kind aus der Verbindung mit ihrer großen Liebe, meinen Vater,

ich habe als Kind selbst erlebt, wie sie als Herrscherin des Hauses ihren Mann aussperrte und ihn zwang, im Schuppen zu übernachten, wie sie ihm Essen in einem Hundenapf vor die Tür stellte, dagegen war meine Großmutter mütterlicherseits noch milde, die meinen Großvater zum Rauchen vor die Tür schickte, damit die Gardinen, die sie ohnehin einmal wöchentlich wusch, nicht vergilben,

und glauben Sie nicht, Herr Müller, die Großmütter wären die einzigen bedrohlichen Portalfiguren meiner Kindheit gewesen, es gab noch die Grundschullehrerin, die ihren Beruf nur ergriffen hatte, um ihren Haß auf Kinder auszuleben,

nicht nur einmal bin ich mit durchnäßter Hose nach Hause gekommen, weil das gnadenlose Verbot herrschte, während des Unterrichts die Toilette aufzusuchen,

in meiner ganzen von Frauen dominierten Kindheit ist es mir nie passiert, Frauen als unterdrückte Wesen wahrzunehmen, wenn ich von denjenigen absehe, die von ihrer eigenen Mutter unterdrückt wurden,

von meiner Kindheit bis heute sind Frauen mir zu einer Kette von Dämonen einerseits und Lichtgestalten andererseits geworden, übermächtige Wesen, die im Guten wie im Bösen in mein Leben eingreifen, mich ohne Blutvergießen töten und zur Welt bringen können und mehr Macht über mich besitzen, als ich einst für menschenmöglich gehalten hätte,

aber fragen Sie mich nur nicht, Herr Müller, was für eine Rolle die Goldhaarige in meinem

Leben spielt, ich kann es Ihnen nicht sagen, weil sie mir unbegreiflich ist, so sehr ich mir an ihr das Herz gebrochen habe und sie sich für mich den Fuß gebrochen hat, um mir als hinkende Botin einer Zeit zu begegnen, die ich längst vermessen glaubte, so sehr ist sie doch eine Lichtgestalt in meinem Leben, deren schöne Seele, um so vieles schöner als meine, ich bis heute liebe und die ich mir als glückliche Liebe eines unmöglichen Lebens erträume, eines Lebens, das ich nicht führen kann, weil es ein Leben wäre, in dem ich keine Angst vor Wasser habe und schwimmen kann, so daß mir das glückliche Verlieben gelingt,

doch fragen Sie mich nicht nach der Goldhaarigen, damit ich Ihnen keine Antwort geben muß, lassen Sie mich wieder auf meine Kindheit zurückkommen, an dieser Frauendominanz muß der Krieg schuld sein, der die Männer mehrfach entmachtete, der sie, falls überhaupt, in der Rolle von Krüppeln und Verlierern und Zerstörern wieder zu ihren Frauen zurückschickte, sie vor ihnen entweder zu bösen Buben werden ließ, die man für den Rest ihres Lebens erziehen und maßregeln muß, oder zu versehrten Jammergestalten,

um so schlimmer, daß eine großstädtische Zeitungsredaktion sich aus einem Fundus abgestandener Witze bedient, den eine solche unselige Epoche hinterlassen hat, und den Leser noch im Jahr zweitausendfünfzehn mit Witzen aus den fünfziger Jahren von Blondinen namens Elvira, von nudelholzbewaffneten Ehefrauen namens Mathilde und pantoffligen Ehemännern namens Balduin versorgt,

und der Gedanke an dieses in Nürnberg bis heute währende Nachkriegselend, Herr Müller, führt dazu, daß ich mich in Pilsen am Vorabend meiner Rückreise noch ein letztes Mal betrinke und mir ausmale, wie ich, wenn nicht dieses, so nächstes Mal ganz bestimmt, den Mut aufbringen werde, zuerst in Pilsen selbst, dann, eine immer weiter ausgreifende Spirale rund um Pilsen ziehend, zu Mittag und zu Abend jeweils ein Lokal aufzusuchen und nach der deutschen Speisekarte zu fragen, um diese zu korrigieren und den Wirt als Gegenleistung um eine Gratismahlzeit zu bitten,

natürlich werde ich ihm nicht sagen, daß seine Speisekarte die deutschen Gäste nicht mehr so fröhlich stimmen wird wie zuvor, wenn ich die Posten *Suppe mit der Wurst diente Brot*, *Gebackene Entenschenkelbrust* und *Gepuffte Kartoffeln mit Zwiebel* ausgebessert haben werde,

vielmehr ihm sagen, daß sein Umsatz an Rouladen, die ihm bislang liegenblieben, in ungeahnte Höhen steigen wird, sobald sie nicht mehr als *Spanischer Vogel* auf der Karte stehen,

»und«, werde ich fortfahren, »wenn Sie noch fünfhundert Kronen drauflegen« – was immerhin schon einer halben Übernachtung im Hotel *Slovan* entspricht –, »werde ich mir auch die deutsche Version Ihrer Webseite ansehen und auf Vordermann bringen, ich werde alle krummen Sätze, die Sie sich mithilfe des Google Translators sowie der Deutschkenntnisse Ihrer Großmutter zusammengebastelt haben, begradigen und glätten, aus Ihren unbeholfenen Worten *Versuchen Brau und alte tschechische Spezialitäten aus unserer Küche* werde ich Formulierungen drechseln, die Ihnen doppelt so viele deutsche Gäste bescheren werden wie bisher«, *Degustieren Sie unsere neun Biersorten,* werde ich schreiben, *vom zehngradigen spritzigen Lager bis zum dreiundzwanziggradigen dunklen Starkbier, entdecken Sie die feinen Fruchtnoten unseres Weizenbiers und lassen Sie sich von den traditionellen altböhmischen Spezialitäten unserer Küche verwöhnen,* ich würde, um zu überleben, sogar Pilsner Urquell lobpreisen, wenn ich den Satz verbessern müßte *Heute, unsere Kunden einschätzen besonders tschechische Küche mit regionalen Elemente und sorgfältig behandelt unpasteurisiertes Pilsner Urquell Bier,* gewiß kein schlechtes Bier für eine Großbrauerei, vor allem nicht für jemanden, der, wie ich, aus Nürnberg kommt, wo man ganz andere Großbrauereibiere hinnehmen muß, aber dennoch kein Vergleich zu den Bieren, die in den Kleinbrauereien in und um Pilsen gebraut und kredenzt werden, bei denen es mir eine besondere Freude sein wird, den sprachlichen Grundstoff zu verfeinern und auf das Niveau der Biere zu heben,

die zweifellos verständlichen, aber nicht ganz fehlerfreien Sätze *Wir haben einen Dokumentarfilm darüber, wie unser Bier kochen gefilmt. Video führt Sie durch den kompetentesten. Unser Braumeister Petr Nevařil. Empfang zu einem angenehmen Erlebnis,* werde ich als Startbahn für einen lyrischen Höhenflug zu nutzen wissen, *um Sie, werte Biergenießer, daran teilhaben zu lassen,* werde ich schreiben, *mit welcher Liebe und Leidenschaft unser Braumeister Petr Nevařil sich seiner Kunst widmet, in der er mit Fug und Recht zu den wenigen Großmeistern unseres schönen Landes gezählt wird, haben wir ihn bei der Ausübung seiner Tätigkeit in einen Film gebannt, den wir Ihnen gerne zu Ihrer wie auch unserer Glückseligkeit vorführen würden,* natürlich würde ich den deutschen Gästen nicht preisgeben, was für eine Ironie das Schicksal dem Braumeister gegenüber walten ließ, daß er ausgerechnet den Namen Nevařil durch sein Leben tragen muß, *er kochte nicht,* was im Tschechischen gleichbedeutend ist mit *er braute nicht,* allerdings halte ich es auch für möglich, daß der brave Braumeister deshalb ein Braumeister wurde, weil er sich vom Fluch eines Vorfahren erlösen wollte, der seit Jahrhunderten auf der Familie liegt, eines Vorfahren, der sich mit unglaublicher Hartnäckigkeit geweigert haben muß zu brauen, obwohl die bierlos Darbenden und Schmachtenden ihm zu Füßen lagen, bereit, ihm ihre holden Frauen zu überlassen, wenn er nur mit seinen Zauberhänden dafür sorgen würde, daß sie sich an Bier erquicken könnten, er aber weigerte sich, bis er und alle seine Nachfahren den Namen Nevařil tragen mußten,

ich halte diese Theorie sogar für sehr wahrscheinlich, weil es in Tschechien nur so wimmelt von Familiennamen, die ihren Ursprung in der altböhmischen Bier- und Wirtshauskultur haben müssen, ich habe in Tschechien schon Leute kennengelernt, die Drbal heißen, »er hat getratscht«, Zatloukal, »er hat eingeschlagen«, Vyskočil, »er sprang heraus«, Pospišil, »er hat sich beeilt«, Zmeškal, »er hat versäumt«, Ontověděl, »er hat's gewußt«, Stojespal, »er schlief im Stehen«, und den Vorfall, der den Namen zugrunde liegt, kann man sich leicht denken,

der Drbal hat getratscht, bis ihm der Zatloukal die Zähne eingeschlagen hat, worauf der Vyskočil vor Schreck zum Fenster hinausgesprungen ist und der Pospišil sich beeilt hat, den Gendarmen Zmeškal zu holen, der erst eintraf, als alles vorbei war, und so mußte er den Ontověděl fragen, der im Gegensatz zum Stojespal alles mitbekommen hat,

gewiß werden Sie verstehen, Herr Müller, warum es mich immer wieder in ein Land zieht, in dem die Geschichten in den Namen schlummern und nur darauf warten, mit sanften Bleistiftstrichen erweckt zu werden, in ein Land, dessen Literatur niemals in der Kaffeehauskultur, sondern schon immer in der Bierhauskultur wurzelte und aus Prosa besteht, die wie ein Wirtshausgespräch ziellos von Episode zu Episode taumelt, in die tiefsten Gruben der Tragik stürzt, zwischendurch auf allen vieren über den Boden der Banalität kriecht und sich am Tresen zu trunkener Komik erhebt,

die von den aberwitzigsten Dialogen und Monologen durchzogen ist und insgesamt ein gigantisches literarisches Wirtshaus bildet,

in einem solchen Land mit seinen überreichlich sprudelnden Bierquellen, deren Schaum die Seele einhüllt, läßt sich auch von Weh und Tod mit Heiterkeit und Freude schreiben,

so, wie es Bohumil Hrabal gelang, der schrieb, er möchte eine Tochter haben, die aus Bierschaum geboren würde, wenn er entmannt würde wie Uranos, dessen abgeschnittenes Geschlecht ins Meer fiel, das vor Zypern so sehr schäumte, daß aus dem Bierschaum die schöne Aphrodite geboren wurde,

der schrieb, daß er die Letzte Ölung sich selbst erteilen werde, mit Pilsener Bier,

finden Sie es nicht auch staunenswert, Herr Müller, mit welcher Leichtigkeit, man bemerkt es kaum, Hrabal das Meer vor Zypern in Bier verwandelt?,

mit ebensolcher Leichtigkeit, so erträume ich es mir, soll aus Bierschaum und Bleistiftlinien meine nächste fließende und wahre Geliebte mit böhmischer Bierseele geboren werden, und, wenn sie in die Todesstarre eines Buches gefallen ist, sogleich die nächste und abermals nächste,

und dazu werde ich, mir selbst egal geworden, in Freude und Heiterkeit mein Weh und meinen Tod zu Papier bringend, immerfort die nächste und abermals nächste Zigarette rauchen, da die bis heute intakte tschechische Bierhauskultur mit Aschenbechern auf den Tischen gesegnet ist, die nicht zur Zierde plaziert werden, sondern mir erlauben, meine Unfähigkeit, einen Raum zu erobern, rauchend zu kompensieren,

so groß ist diese Unfähigkeit, daß selbst mein eigenes Domizil, habe ich Ihnen dies schon gesagt, Herr Müller, nur allzu leicht verliert man den Überblick, wenn man sich in einen zu langen Satz verstrickt, daß mein eigenes Domizil mit genügend Aschenbechern ausgestattet werden müßte, damit ich es mir jeden Tag neu erobern könnte,

ich weiß, Herr Müller, Sie sagten es mir, daß Sie in Ihren jungen Jahren Kettenraucher waren, später aber dem Tabakgenuß abgeschworen haben, und dennoch liegt es Ihnen fern, ihn anderen Menschen zu mißgönnen, so daß ich Ihnen nicht sagen muß, wie sinnlos es wäre, mich bekehren zu wollen,

je mehr man mir nämlich das Rauchen abgewöhnen will, um so mehr rauche ich, ohne auch nur im mindesten ans Aufhören zu denken, wohingegen mir das Rauchen sofort verleidet wäre, wenn man mich dazu zwingen wollte, so primitiv ist mein Charakter beschaffen, was ich nur ungern zugebe, gerade Ihnen gegenüber, zumal ich das Gefühl bekomme, Sie hätten sich niemals einen Kunden gewünscht wie mich, lieber einen, dem Sie selbst seine Masken herunterreißen müssen, als einen, der mehr Masken fallen läßt, als Ihnen womöglich lieb ist,

und bestimmt fragen Sie sich, wie ein Mensch mit einer solchen Raumeroberungsunfähigkeit sich alle paar Jahre zu der Kühnheit hinreißen lassen kann, noch viel mehr erobern zu wollen als einen Raum, nämlich ein Herz, eine Frage, die ich Ihnen nur mit dem allzu großen Überschwang meiner Gefühle beantworten kann, eines aber kann ich Ihnen mit Gewißheit sagen, das Schlimme am Rauchverbot ist, daß Menschen wie mir die erste Zigarette nach der Ankunft und dem Platznehmen am Tisch genommen wird, alle weiteren sind nicht so wichtig,

nach der ersten Zigarette kann ich stundenlang vom Rauchen Abstand nehmen, kann das Nichtrauchen mit Trinken ausgleichen, aber die erste Zigarette muß ich haben, die magische erste Zigarette, die mir hilft, mein Revier zu erobern,

was ist Rauchen anderes, als eine Duftmarke zu setzen, wie Hunde es tun, die ihr Revier markieren,

so kann es nicht anders sein, daß es in Europa die Tschechen sind, die sich das Rauchen in der Gaststube nicht nehmen lassen wollen, ein Volk, das sich seines Reviers nie sicher war und bis heute nicht sicher ist, weil es sich von seinen deutschsprachigen Nachbarn bedrohlich umarmt fühlt,

und sollte in einer fernen Zukunft der Fall eintreten, daß ich mich glücklich rauchend durch sämtliche gastronomischen Etablissements im Kreis Pilsen hindurchkorrigiert habe, um mir das Schreiben an ihren Biertischen leisten zu können, so werde ich bei allen Tourismusbüros vorsprechen und gegen Entgelt meine Dienste anbieten, denn auf den touristischen

Informationstafeln liegt noch viel mehr im argen als in den Speisekarten, und zwar auf eine Weise, für die man keiner böhmischen Großmutter die Schuld geben kann,

an der Barockkirche in Nepomuk habe ich gelesen, *nach eine mündliche Überlieferung war Jan seine Leiche in Moldau gefunden. Und in die Kirche Heilige Kreuz gebracht. Antropologische Untersuchung hatte gezeigt das Janist auf unheimliches foldern gestorben und in Moldau war nur seine tote leiche stürzen,* und habe sofort den Wunsch verspürt, den Übersetzer kennenzulernen, um zu begreifen, wie der Text zustande gekommen ist,

und wenn ich im Laufe des mir selbst gegebenen Stipendiums die Tafel bei der Rotunda in Starý Plzenec korrigieren werde, werde ich den Verfasser zwangsläufig kennenlernen *müssen,* weil ohne ihn sich mir der Sinn nicht erschließen wird, *wäre jemand schon während seines Lebens unterschiedlich,* so las ich auf der Tafel, *wurde er mit seinem Gesicht nach unten und mit gebundenen Händen und Füßen begraben,* ein Satz, dem ich hilflos gegenüberstehe, aber auch ihn werde ich zu reparieren wissen,

das, Herr Müller, ist mein Plan eines perfekten Autorenstipendiums, aus schierer Verzweiflung geboren und aus purer Ängstlichkeit noch nicht in die Tat umgesetzt, niemals wird es zur Umsetzung meines Plans kommen, weil sich jedem Plan, den ich fasse, tausend Bedenken entgegenstellen, selbst im Vollrausch bin ich noch nüchtern genug, mich von meinen Bedenken einschnüren zu lassen, selbst im Vollrausch sind meine Bedenken stark genug, um die Verzweiflung an meiner verflossenen Goldhaarigen, meiner Vermieterin und dem *Nürnberger Tagblatt* zu überlagern, und ein solcher Mensch, sage ich mir, der seine eigenen Ideen schon im Ansatz verwirft, der die sprießenden Pflanzen seiner Seele mit der Machete seiner Vorstellungen niedermäht und sich von seinen Vorstellungen bis zum Stillstand lähmen läßt, anstatt das Risiko des Lebens einzugehen, ein Mensch wie ich, der schon Probleme damit hatte, sich aus dem Mutterleib in die Welt zu wagen, hat es nicht anders verdient, als immer wieder in das Nürnberger Elend zurückkehren zu müssen und sein Leben lang nicht von ihm frei zu werden, sich durch keinen noch so langen Satz aus Nürnberg herausschreiben zu können,

Nürnberg, müssen Sie wissen, Herr Müller, ist eine Stadt, in der das Leben sich anfühlt, als spiele es sich unter einer gigantischen Käseglocke ab, bis in jede Wohnung hinein wirkt dieses Lebensgefühl, und so dürfte sich die von mir erträumte Wohnung niemals in Nürnberg befinden, denn auch Ihrer Kunst sind Grenzen gesetzt, Ihre Kunst ist der Glocke über Nürnberg nicht gewachsen, die dafür sorgt, daß die Abschottung vor der Welt schon bei der Nachbarstadt beginnt, es ist, Herr Müller, als habe Nürnberg all seine Strahlkraft in seiner kurzen Blütezeit als Reichsstadt verbraucht und liege seither in Agonie darnieder, die jeden Einwohner zu einem geduckten Dasein verurteilt,

nur in Nürnberg kann es einem Gast passieren, daß der Wirt beim Abtragen der Teller sich erkundigt, ob denn die Mahlzeit einigermaßen gepaßt habe,

nirgendwo anders als in Nürnberg klammert man sich so verzweifelt an der Dialektidentität fest, weil man keine andere hat, obwohl gerade diese keine ist und schon gar keine, auf die man sich etwas einbilden kann,

in welche Richtung auch immer Sie Nürnberg verlassen, Sie werden im Umland stets ein klangvolleres Fränkisch hören als in der Stadt, wo sich Fränkisch und Oberpfälzisch zu einer unglücklichen Mischung vereinigt haben,

und so beruht die Nürnberger Kleinmütigkeit auch darauf, daß man als Nürnberger im tiefsten Innern sehr wohl spürt, daß man sich mit diesem Dialekt, der nach permanenter Unzufriedenheit klingt, woanders nicht blicken, geschweige denn hören lassen kann, bin auch ich ein typischer Fall von Nürnberger Kleinmütigkeit, frage ich mich, wenn ich mir vorstelle, was ein tschechischer Gastronom sagen wird, wenn ein Deutscher zuerst *Svičková* oder *Cmunda* bestellt, ein paar Biere dazu, und ihm bei der Abrechnung eröffnet, er habe leider kein Geld, die Zeche zu bezahlen, würde ihm aber sehr gern die deutsche Fassung seiner Speisekarte korrigieren,

werde ich nicht wie der Inbegriff des nörglerischen, rechthaberischen, pedantischen Deutschen erscheinen und wie ein abgefeimter Lügner obendrein, wenn ich als Deutscher vor einem Tschechen stehe und behaupte, kein Geld zu haben,

wie soll es mir mit meinem rudimentären Tschechisch je gelingen, ihm die Not zu vermitteln, die hinter meinem Anliegen steckt, wie soll ich ihm glaubhaft machen, daß, obwohl Deutschland zehnmal so viele Einwohner hat wie Tschechien, ein deutscher Schriftsteller keineswegs zehnmal so reich ist wie ein tschechischer, weil ja keineswegs zehnmal so viele Leser seine Bücher kaufen, sondern er sich vielmehr gegen eine zehnmal so große Konkurrenz behaupten muß, die schon in der Grundschule herangezüchtet wird,

mein Tschechisch taugt ja gerade zur alltäglichen Verständigung, zum Bestellen von Bieren, zum Einkauf von Bleistiften, aber zum Verlieben in eine Tschechin hat es bisher nicht gereicht, und die Beispielsätze in den Sprachführern habe ich noch nicht gewagt auszuprobieren, *Du hast wunderschöne Augen, Mir gefällt, wie du lachst, Ich finde dich ganz toll,*

weil ich nicht weiß, ob sie im glücklichen oder unglücklichen Verlieben enden, wenngleich ich mich frage, ob sie überhaupt ins Verlieben führen,

und weil ich nach Tschechien fahre, um mich in einer fremden Sprache vom unglücklichen Verlieben zu erholen, um für eine Weile die Worte zu vergessen, die ich in meiner Muttersprache auf mannigfarbiges Briefpapier geschrieben habe,

finden Sie nicht auch, Herr Müller, daß das Verlieben in Sprachführern erschreckend leichtfertig behandelt wird in solchen Büchern, als handle es sich darum, Sonnencreme zu kaufen oder einen Kaffee zu bestellen, so leichtfertig, daß man das Verlieben für ebenso harmlos halten könnte, wie nach dem Weg zu fragen oder sich nach Zimmerpreisen zu erkundigen, obwohl es sich doch um die elementarste Abzweigung im Leben handelt, von der man geradewegs in den siebten Himmel aufsteigt oder in die tiefsten Abgründe der inneren Hölle gestoßen wird, wo man dazu verdammt ist, sich selbst als Schatten auszuhalten, und so habe ich mir, um wenigstens in Tschechien vom Schicksal unbehelligt zu bleiben, das Buch *Der perfekte Böhme* besorgt, ein Sprachlehrwerk aus Jaroslav Hašeks Zeiten, das er selbst geschrieben haben könnte, im Vollrausch am Wirtshaustisch, um Österreicher und Deutsche zu foppen,

doch auch wenn ich an Hašek denke, frage ich mich, ob ich wirklich ein richtiger Schriftsteller bin, weil Hašek jeden Tag einen Text aus sich herausreißen mußte, um zu überleben, jeden Tag eine Geschichte für die Zeitung, was mir niemals gelänge, auch dann nicht, wenn ich, gleich ihm, jeden Nachmittag das Wirtshaus aufsuchte und mir, wie er, von den Gästen am Tisch drei Wörter nennen ließe, die in der Geschichte vorkommen sollen, um mich inspirieren zu lassen, weil ich mir die Angst vor dem drohenden Redaktionsschluß mit so viel Bier wegtrinken müßte, daß ich zwar noch schreiben, aber niemand, auch ich nicht, mehr lesen könnte, was ich geschrieben habe,

mit den irrwitzigsten Sätzen aus dem *Perfekten Böhmen*, mit Sätzen, für die man mich, spräche ich sie aus, für komplett blödsinnig erklären würde, habe ich die tschechische Sprache gelernt, *In dem großen gelben Schranke hängt der Hut des alten Vaters und auf dem Tische steht der Kaffee meiner jungen Schwester,* auch mit solchen, die ich für ein Sprachlehrwerk erstaunlich fand, *Was hat der Mensch? Der Mensch hat eine unsterbliche Seele,* und habe erst bei Lektion 34 abgebrochen, als ich die beängstigenden Worte las *Lieben Sie diesen Mann und diese Frau? Ich liebe weder diesen Mann noch diese Frau, aber dieses schöne, junge Mädchen*, und so gelingt es mir denn zwar, im Gasthaus zu fragen, *Haben Sie das frische Bier des fleißigen Brauers?* oder *Haben Sie den samtenen Wein des mährischen Winzers?*, doch bleibt es mir versagt, dem Gastwirt diejenigen Fragen zu stellen, die mich wirklich beschäftigen, weil ich nicht bis zur fünfzigsten und letzten Lektion gelernt habe,

»ist es bei Ihnen in Tschechien auch so«, würde ich ihn fragen, wenn ich in seiner Sprache wirklich zu Hause wäre, »daß man jedem Kind in der Grundschule beibringt, Geschichten mit Einleitung, Hauptteil, Höhepunkt und Schluß zu schreiben, mußten auch Sie als Schüler Reizwortgeschichten und Erlebnisaufsätze schreiben und vorgegebene Erzählkerne ausgestalten, mußten auch Sie sich Mühe geben, das passende Adjektiv zu finden, und darauf achten, genug direkte Rede in Ihren Aufsatz einzubauen, damit er lebendiger wird, ist es auch Ihnen als Grundschüler passiert, daß Sie ratlos das Blatt Papier vor sich angestarrt haben, weil Sie einfach leergeschrieben waren und keine Ahnung hatten, was für eine spannende Geschichte Sie sich denn jetzt schon wieder ausdenken sollten, hatten Sie als Kind nicht auch das Gefühl, daß die Schule Sie mit Gewalt zu einem Schriftsteller erziehen will, und haben Sie sich nicht auch gefragt, wer später all die Bücher all dieser Schriftsteller lesen soll, wenn es nur noch Schriftsteller gibt?, welch ein Segen für die Menschheit, daß Sie Wirt geworden sind, lassen Sie sich für diesen Entschluß umarmen, welch ein Segen, daß Sie sich entschlossen haben, eine ganz andere Art von Werken mit Einleitung, Hauptteil, Höhepunkt und Schluß zu schreiben, Speisekarten nämlich«,

ein höchst mutiger Entschluß obendrein, denn es gibt ja keinen Beruf, der mehr Mut erfordert als der des Gastwirts, der Tag für Tag seine Tür für jedermann aufsperrt, ohne zu wissen, wer alles sich zu ihm hinverirren wird, es bedarf dazu eines Mutes, den ich nicht hätte,

Sie haben es miterlebt, damals, nachts in der Tankstelle, wenn Sie Ihre Würstchen aßen, was für menschliches Strandgut an einen Ort gespült wird, dessen Türen jedem offenstehen, es ist, als besäße er eine magnetische Anziehungskraft für alle, die bedürftig sind,

und so hat, wer sich entschließt, Gastwirt zu

werden, mit allen Hungrigen zu tun, nicht nur denen des Leibes,

und er gewinnt Einblicke in das menschliche Lieben und Leben, die man nicht haben möchte, wenn man sich den Glauben ans glückliche Verlieben erhalten will,

nirgendwo anders stellen sich Paare so bloß, geben sich so preis wie am Gasthaustisch, wenn sie kommunikationsunfähig einander gegenübersitzen,

an diesem Ort der Wahrheit bekommt man die unbarmherzige Erkenntnis serviert, daß Männer und Frauen nichts Besseres miteinander haben können, als miteinander zu schlafen, und alle weiteren Beschäftigungen zwischen ihnen nur ein erbärmlicher Lustersatz sind, so jedenfalls kommt es mir vor, Herr Müller, wenn ich in einem Lokal sitze und Menschen beobachte, bis ich es nicht mehr aushalte, was, wie Sie wissen, nicht lange dauert,

und natürlich brauche ich Ihnen nicht zu sagen, daß ich mir, wenn ich Paare am Gasthaustisch beobachte, die ergraute Goldhaarige und mich in diesen undankbaren Rollen vorstellen muß, was mein Unbehagen am Beobachten von Menschen noch steigert, mir aber auch die Gewißheit gibt, daß es ein Glück, kein Unglück war, nur eine verliebte Zeit mit ihr erlebt zu haben, nicht aber die Zeit danach, allein unglücklich zu sein, kann ich ertragen, doch zu zweit unglücklich sein übersteigt meine Kraft,

nur bleibt mir die unbarmherzige Frage, ob man als Gastronom ans glückliche Verlieben glauben kann, und falls nicht, wie man ein Leben erträgt, aus dem der Glaube an ein glückliches Verlieben verschwunden ist,

vielleicht nur, indem man sich an den Getränken vergreift, die eigentlich den Gästen vorbehalten sind,

Sie dürfen indes nicht zu dem Schluß kommen, Herr Müller, ich könnte, weil ich seit der Goldhaarigen fest ans unglückliche, nicht mehr ans glückliche Verlieben glaube, ein idealer Gastronom sein, dem Sie nur einen Gastraum einrichten müßten, eine Kneipe, ein Restaurant, um ihn glücklich zu machen, ihn zu seiner wahren Bestimmung zu führen, da ich ja seit dem Grundschulalter kaum an praktischen Fähigkeiten dazugewonnen habe,

und lassen Sie mich Ihnen noch sagen, mir kommt das, was an Grundschulen im Deutschunterrricht praktiziert wird, geradezu unanständig vor, das Wort »Höhepunkt« führt mich unweigerlich auf Abwege, und ich werde das Gefühl nicht los, daß in den Schulkindern der Weg zu einem Standardliebesspiel mit Einleitung, Hauptteil, Höhepunkt und Schluß angelegt wird, daß sie sich die Literatur und überhaupt das ganze Leben als eine Angelegenheit vorstellen, in der alles nach der Erlebnisaufsatzkurve von Deutschlehrern verläuft, weshalb ich den festen Vorsatz gefaßt habe, nur noch ohne Einleitung, Hauptteil, Höhepunkt und Schluß zu schreiben, sofern ich dies einen Vorsatz nennen kann,

denn ebensogut halte ich es für möglich, daß Wahnschaffe auf mich abgefärbt hat, wenn wir in einer Gaststube beim Bier saßen, er zeichnend, ich schreibend,

ein Gedanke, der sich mir auch deshalb aufdrängt, weil ich nur wenige Tage mit Wahnschaffe unterwegs sein muß, um mich von seiner Ausdrucksweise anstecken zu lassen,

so pflegt er etwa die von den Stadtverwaltungen betriebenen Büros, welche Broschüren und Prospekte für Besucher bereithalten, stets Terrorismuszentrale statt Tourismuszentrale zu nennen, und spätestens am dritten Tag spreche auch ich, wenn ich mit Herrn Wahnschaffe auf Reisen bin und mir von ihm die Welt zeigen und erklären lasse, von Terrorismuszentralen statt Tourismuszentralen, was mich, so sehr ich es auch genieße, so sehr es mich erbaut, mit ihm zu verreisen, in höchstem Maße beunruhigt,

und so kam mir jedes Mal, wenn ich mit Wahnschaffe in der *Čekárna* in Chomutov weilte, im *Na Rychtě* in Ústí nad Labem, im *U Hradu* in Švihov, und ihm, wenn ich nicht schrieb, beim Zeichnen zusah, der Gedanke, auch als Schreibender sollte man seine Geschichten von der Mitte aus beginnen, allein, um die Angst vor dem ersten Satz zu verlieren, wenn ich sah, wie Wahnschaffe in der Mitte des Blattes begann und von dort seine Zeichnung nach links und rechts entwickelte, ganz ohne Einleitung, Hauptteil, Höhepunkt und Schluß, doch viel zielstrebiger als ich, was sich nicht nur am Ergebnis zeigt, denn ich sah ihn noch niemals nach einem Radiergummi greifen, geschweige denn ein Blatt zerknüllen,

manchmal, wenn ich Herrn Wahnschaffe zeichnen sah, wenn ich Zeuge wurde, wie er Orte auf dem Papier wahrer darstellt, als sie sind, geschah es mir, daß ich mir wünschte, von ihm gezeichnet und dann, als seine Zeichnung, neu zum Leben erweckt zu werden, um als bessere Version meiner selbst durch mein weiteres Leben zu gehen,

ich fühle mich nämlich für mich selbst oft so an, als wäre ich zwar keine allzu schlechte Komposition, doch als mangle es mir ganz erheblich an der Fähigkeit, mich selbst zu spielen,

als interpretierte ich mich selbst, obwohl ich mich doch, glauben Sie mir, jeden Tag nach Kräften übe, wie ein blutiger Anfänger, ein talentloser, stümperhafter Klavierschüler, unter dessen

Händen die vollendetsten Kompositionen grauenvoll entstellt werden,

und jedes Mal keimt in mir der Wunsch, dieser Mangel könnte dadurch behoben werden, daß Wahnschaffe mich in meiner Wesentlichkeit erfasse und zu Papier bringe, vielleicht gar an einem idealen Ort, worauf die Zeichnung durch Zauberkraft zum Leben erweckt werden müßte,

ein Ding der Unmöglichkeit, doch ebenso unmöglich scheint es mir, die Misere der Schriftsteller und Kinder einem tschechischen Wirt zu schildern, die Misere der Kinder, die Erlebnisaufsätze schreiben sollen, obwohl sie nichts mehr erleben, die mit Fahrradhelmen und Dinosauriertapeten heranwachsen, den Leib vom Leben abgeschirmt, die Seele Urzeitmonstern ausgesetzt, ich weiß es, weil manche dieser unglücklichen schreibunfähigen Kinder zu mir gebracht werden, von Eltern, die ganz genauso leben, die peinlichst darauf achten, was an oder in ihren Leib gelangen darf, aber in ihre Seelen alles hineinlassen, was Satelliten über unzählige Fernsehkanäle auf die Erde schicken,

unmöglich nicht nur deswegen, weil ich noch niemals im Leben etwas zu Ende gebracht habe und daher auch niemals die fünfzigste und letzte Lektion im *Perfekten Böhmen* erreichen werde, Sie, Herr Müller, wissen ja am besten, daß es mir nicht einmal gelingt, einen Satz zu Ende zu bringen,

doch wie soll ich ihn jemals beenden, solange ich während meines Satzes Ihre Räume durchschreite, die so vollkommen auf Sie zugeschnitten sind, so vollendet zu Ihnen passend eingerichtet, daß ich mich frage, wie es Ihnen gelungen ist, sich so vollendet einzurichten, ob Sie sich selbst konsultiert haben, ob Sie Wohnpatient und Wohntherapeut in einer Person sind, ob Sie sich vor sich selbst ebenso bloßgelegt haben wie ich mich vor Ihnen, ob auch Sie einen Satz beginnen mußten, der kein Ende finden wollte, um sich an Ihr ideales Domizil hinzureden,

wenn dem so ist, so werden Sie gewiß verstehen, daß ich nur Ihnen diese Miseren schildern kann, weil man sie in Tschechien gar nicht kennt und ein tschechischer Wirt mich gar nicht verstünde, selbst wenn ich fließendes Prager Hochtschechisch mit ihm spräche,

in Tschechien, wo jeder Quadratzentimeter Erdboden von europäischer Geschichte durchtränkt ist, kennt man keine Erlebnisarmut, und gerade in der Provinzgastronomie hatte ich mit den Herren di Molina oder Wahnschaffe oder beiden zusammen die denkwürdigsten Erlebnisse, die in keine Erlebnisaufsatzschablone passen, am unvergeßlichsten ist uns der Augustabend geblieben, den wir in der Dorfbrauerei *U Bizona* in Čižice verbrachten, angelockt vom herausragenden Ruf ihrer Biere, von denen man sich in ganz Westböhmen erzählt und deren Güte auf der Kunst des Braumeisters ebenso beruht wie auf dem weichen, granitgefilterten Wasser, mit dem der Ort gesegnet ist,

vorausschicken muß ich, daß wir uns an jenem Tag bereits einer ausführlichen Bierdegustation gewidmet hatten, im Nachbarort Dobřany, wo im Hause *Modrá hvězda* nicht weniger als neun Biere gebraut werden, vom 10gradigen Schankbier bis zum 23gradigen Starkbier, und so können Sie gewiß nachvollziehen, wie erleichtert wir waren, beim *Bizon* nur vier verschiedene Sorten vorzufinden, die wir, begleitet von einem Abendimbiß, je zweimal durchprobierten, wobei wir feststellen durften, daß man sich in jenem Hause nicht nur trefflich auf das Brauen, sondern auch auf die Benennung der Biere versteht, so daß ich mich in das helle Lagerbier Carolina Světlá nicht nur des Geschmacks, auch des Namens wegen verliebte,

wann immer ich übrigens mit Herrn di Molina Bier trinke, frage ich mich, ob ich überhaupt ein richtiger Schriftsteller bin, so vollendet beherrscht er die Kunst des Trinkens und Schreibens, nur wenige Schlucke muß er zu sich nehmen, schon formen sich die Aromen und Geschmacksnuancen in seinem Kopf zu wohlgesetzten Worten, die er sogleich zu Papier bringt, ein vollkommenes Abbild des Biers, das gülden, kupfer- oder bernsteinfarben vor ihm im Glase leuchtet, in Worten erschaffend, welche ihm zur berauschendsten Bierpoesie geraten, die jemals ein Mensch zu Papier brachte, in der selbst noch die feinsten, vom Braumeister nur zart hingehauchten Fruchtnoten erkannt und lobgepriesen werden,

zuweilen schreibt er von Früchten, deren Namen ich noch niemals gehört habe, von Yuzu und Zedratzitronen, als hätte er in seinem Leben schon von allem gekostet, was Gott auf Erden wachsen läßt, und als wäre es ihm gelungen, jeden Geschmack, den er je auf der Zunge trug, in sich aufzubewahren,

manchmal stelle ich mir Herrn di Molinas Geschmackssinn und Geschmacksgedächtnis vor wie die Apotheke, die er bewohnt, mit ihren Hunderten und Aberhunderten von Schubladen, deren fein säuberliche Beschriftungen vom Apotheker und seinem Personal, abgesehen vom Lehrling, gar nicht mehr gelesen werden mußten, weil ihre Köpfe ganz genauso ordentlich sortiert waren und alle gelagerten Substanzen mitsamt ihrer Beschaffenheit darin gespeichert waren, freilich sieht es dafür in anderen Teilen seines Kopfes um so unaufgeräumter aus, was Sie sofort bemerken würden, wenn Herr di Molina eines von Ihnen gestalteten Domizils bedürfte und Sie mit ihm einen Termin vereinbaren müßten,

so sehr sein Geschmackssinn kultiviert und sortiert ist, so sehr mangelt es ihm an der Fähigkeit, die vor ihm liegende Zeit zu ordnen, niemals dürfen Sie ihn mit der Frage in Verlegenheit bringen, was er am kommenden Freitag vorhabe, er wird es Ihnen nicht sagen können, selbst dann nicht, wenn er an jenem Tag seine über alles geliebte Herzdame heiratet,

obwohl er sich auf das Heiraten selbst, ich habe es erlebt, ganz trefflich versteht, was bereits damit beginnt, daß er keine Angst davor hat, vielmehr den Tag ebenso unbefangen genießt, als sei er Gast auf seiner eigenen Hochzeit, eine beeindruckende Fähigkeit, wie ich finde,

doch so unvergeßlich dieser Tag allen bleiben wird, die ihn von der Trauzeremonie am Vormittag bis zum Tageslicht des nächsten Morgens tanzend, trinkend und speisend durchlebten, so gewiß ist auch, daß Herr di Molina das Datum sofort wieder vergißt und seine Liebste stets nur ungefähr, nie taggenau zum Hochzeitstag beschenken wird, dafür aber, ich bin mir sicher, mit einem selbstgeschaffenen Kunstwerk anstelle von Blumen, Mon Chéri oder Ferrero Küßchen,

damit erweist sich di Molina erneut als das Gegenteil von Wahnschaffe, der nicht nur die vergangene Zeit, zu Wort und Bild geronnen, in seinen Reisetagebüchern aufbewahrt, sondern auch die vor ihm liegende Zeit nach Reiseterminen strukturiert, nach Hotelreservierungen und Eisenbahnfahrplänen, und noch nie habe ich einen Menschen kennengelernt, der sich mit ihm in der Fähigkeit messen könnte, ganze Kursbücher im Kopf zu speichern,

daß Herr Wahnschaffe im übrigen dem Heiraten gänzlich abhold ist, brauche ich gewiß nicht eigens hinzuzufügen,

und so hatte er, wie es seine Gewohnheit ist, auch beim *U Bizona* in Čižice sein Reisetagebuch vor sich, um die Lokalterrasse auf einer Doppelseite zu verewigen, und Sie können mir glauben, daß die Biere sich auf seine zeichnerische Präzision nicht im mindesten nachteilig auswirkten, auch nicht auf seine Schaffenskraft, so daß er, als die Dämmerung sich herabsenkte, darauf bestand, noch ein weiteres Bier in der Gaststube zu sich zu nehmen, damit auch diese in sein Reisetagebuch Eingang fände, meine Warnungen vor der Stammtischrunde in den Wind schlagend, die sich indes nur allzu schnell als berechtigt erwiesen, denn ein blinder Herr vom Stammtisch gesellte sich zu uns und orderte sogleich eine Runde Becherovka, ein Getränk, dem, wie Sie wissen, gerade Wahnschaffe nur schwer, wenn überhaupt, widerstehen kann, dessen Verlokkung aber auch di Molina und ich schon oft erlegen sind,

dem Blinden folgte ein weiterer Herr, der wiederum eine Runde Slivovitz in Auftrag gab, während die dazugehörigen Biere erst gar nicht bestellt werden mußten,

sodann wurden wir in Gespräche verwickelt, die von einer Intensität waren, daß Wahnschaffe daran gehindert wurde, sich der Ausübung seiner Kunst hinzugeben,

nur unvollkommen kann ich Ihnen schildern, Herr Müller, worum diese Gespräche sich eigentlich drehten, von einem gewissen Jirka war unter anderem die Rede, der vergangenen Samstag mit seiner Frau ein Essen für den Sonntag vorbereitete, Svičková mit knedlíky, und am Abend mit ihr ausging,

betrunken und hungrig kamen sie spätnachts nach Hause, stürzten sich auf den Braten und aßen ihn vollständig auf, um sodann erschöpft ins Bett zu sinken,

am nächsten Morgen aber hatten sie ihre nächtliche Freßorgie völlig vergessen, erwachten in Vorfreude auf den Sonntagsbraten und waren angesichts des geleerten Tiegels höchst bestürzt,

so daß man froh sein muß, daß bei ihnen weder ein Hund noch eine Katze zu Hause ist, die ebenso erbärmlich gelitten hätten wie Witwe Boltes Spitz, bis Jirka und seiner Frau der wahre Sachverhalt eingefallen wäre,

ja, von solchen Geschichten war das Lokal angefüllt,

aber lassen Sie mich nur resümieren, daß der Blinde von seiner Vergangenheit als Kellner im Hotel *Slovan* sprach, während es dem anderen um die Gegenwart und Zukunft seiner unverheirateten Tochter ging, als deren idealen Ehemann er Herrn Wahnschaffe sah, den er mit immer neuen Runden hochprozentiger Getränke für diese Rolle zu gewinnen suchte, ausgerechnet Wahnschaffe, der eben jenen Herrn mitsamt seiner Tochter bereits in Dobřany als Gäste des dortigen Biergartens abgezeichnet hatte und dem in seinem Atelier noch die Aufgabe obliegen würde, für das blauviolettgeschlagene Auge der Tochter, das sie notdürftig hinter einer Sonnenbrille verborgen hatte, die richtigen Farbtöne aus der Kollektion seiner Stifte zu mischen, und so blieb uns zu späterer Stunde keine andere Wahl, als diesen Ort der Gastlichkeit mit seinen niemals versiegenden Bierquellen zu verlassen, damit

Herr Wahnschaffe weiterhin glücklich mit seinen Stiften verheiratet bleibe,

gewiß können Sie sich denken, daß ich seit jenem denkwürdigen Abend das Brauereilokal *U Bizona* in Čižice als einen Ort sehe, der mir ebenso die Erfüllung meiner Träume wie deren Verhinderung verheißt, wobei an letzterer ich selbst die alleinige Schuld tragen würde, nicht etwa ein Mangel an Gastfreundschaft,

denn Sie müssen wissen, daß man im *U Bizona*, da abseits der Pfade deutscher Touristen gelegen, noch niemals auf die Idee kam, die Speisekarte des Hauses durch den Googleübersetzer zu jagen, so daß mir die Aufgabe einer kompletten Übersetzung obläge, was mir der Wirt, so male ich es mir in kühnen Träumen aus, ebenso großzügig wie großherzig vergelten würde,

zum Biertank im Kühlraum, stelle ich mir vor, würde er mich führen, sobald ich seine Speisekarte in gepflegtes Deutsch übersetzt hätte, würde mir freien Zugang zur Bierquelle gewähren und mir auch ein Nachtlager anbieten, auf daß nichts mich daran hindere, mich an der Quelle zu erfrischen,

würde mich einladen gar, mich nicht nur für eine Nacht, sondern für Wochen bei ihm einzuquartieren, auf daß ich eines idealen Stipendiums, eines Brauereistipendiums teilhaftig würde, ideal nicht nur um dessentwillen, daß ich mich dem gleichzeitigen Trinken und Schreiben hingeben könnte, sondern weil ich mir ausmale, wie die Tausende Jahre alte Braukunst, die dort vollendet praktiziert wird und dem Ort Magie verleiht, auf mein Manuskript abfärben würde, in das Gedanken fernab des Jetzt hineinfließen würden,

wie sich inmitten der Gär- und Sudkessel die schwer duftende, malz-, hopfen- und hefegeschwängerte Luft auf mich, meine Kleidung, meine Haut, meine Haare, auf die Blätter meines Notizbuchs legen, sie durchtränken, meinen Worten von der Magie des Brauens abgeben würde, eine Hochzeit eingehend mit dem Graphit meiner Bleistifte, aus den Tiefen der Erde gewonnen, so daß die Worte sich wie von selbst auf das Papier locken ließen und mein Manuskript ohne mein Zutun an Vollkommenheit gewönne, einfach, indem ich es seiner Vollendung entgegengären ließe,

aber ich glaube, ich muß nicht eigens erwähnen, daß ich es vermeide, mir auszumalen, welch vervollkommnende Wirkung diese Luft auf die Haut und das Haar der Goldhaarigen ausüben würde,

schon bald nach dem Frühstück indes, befürchte ich, gegen Mittag, würde ich zum ersten Mal der Versuchung des Biertanks erliegen und mir das erste Bier des Tages gönnen, um mich ab da durch den Nachmittag und Abend zu trinken und zu schreiben,

würde schon Stunden vor Beginn der Öffnungszeit mit meinem frischgezapften Bier schreibend im leeren Gastraum sitzen und dem ersten Bier stündlich ein weiteres folgen lassen,

so daß spätestens ab achtzehn Uhr an Schreiben nicht mehr zu denken wäre und ich mich unter die dörflichen Stammgäste mischen würde, die allesamt entweder Jirka oder Jarda oder Honza heißen, in trunkene Gespräche mit ihnen verstrickt, in deren Verlauf ich wieder an Jaroslav Hašek denken und mich fragen müßte, ob ich überhaupt ein richtiger Schriftsteller bin,

an Hašek, der sich gleichzeitig einer Geschichte und mehreren Kneipengesprächen widmen konnte, wobei es ihm gelang, nicht weniger als fünfunddreißig Biere zu trinken, eine mir schier unvorstellbare Menge,

taktlos aber ist es von mir, rücksichtslos gar, Ihnen von meinen persönlichen Miseren zu erzählen, da Sie ja über alle Miseren dieser Welt besser informiert sind, als es ein Mensch ertragen kann, was Sie selten ruhig schlafen läßt, haben Sie doch Ihr eigenes Domizil nicht nur nach Ihren Vorlieben gestaltet, sondern auch auf Ihre Sucht zugeschnitten und liegen jede Nacht, in der Sie es nicht dem Märchenkönig gleichtun, nicht wie er auf der Flucht vor sich selbst und auf der Suche nach Ideen durch die Welt fahren, auf dem Sofa oder durchwandern Ihre Wohnung, von Fernseher zu Fernseher, ohne daß Sie sich Spielfilme ansähen, nein, Sie saugen in sich hinein, was in dieser Welt, die sich Ihnen auf Ihren nächtlichen Fahrten über Land so trügerisch still darbietet, in jeder Minute für Unheil geschieht, als wäre Ihre Wohnung eine Weltüberwachungszentrale,

weshalb ich Sie, da Sie und ich in dieser Hinsicht so gegensätzlich sind, wie zwei Menschen nur sein können, und Ihnen ein so großer Gegensatz vielleicht gar nicht vorstellbar ist, inständig darum bitten würde, falls es so weit käme, daß Sie mir die ideale Wohnung gestalten, auf gar keinen Fall einen Fernseher installieren zu lassen, denn ebensosehr, wie Sie nachrichtensüchtig sind, bin ich nachrichtenabstinent,

doch möchte ich Ihnen nicht unrecht tun, vielleicht pflegen Sie die Gewohnheit des exzessiven Nachrichtenfernsehens nur, um den unbehausten, ausgesetzten Zustand des Menschen zu empfinden und Ihren Kunden nur um so besser eine feuerfeste Stube in der Hölle der Welt erschaffen zu können,

der Grund für meine Nachrichtenabstinenz wiederum ist nicht nur der, daß ich mich von meinem eigenen Leben bereits restlos ausgelastet fühle,

es kommt hinzu, daß ich mir jedes Unheil und Unglück, das einem Menschen widerfährt, am eigenen Leib vorstellen muß, so daß ich mich frage, ob ich nicht Herrn Wahnschaffe an Hypochondrie noch übertreffe,

ungezählte Male schon bin ich in meiner Vorstellung von Granaten zerfetzt oder von Zügen mitgeschleift worden, bin mit Flugzeugen abgestürzt oder in Häusern verbrannt, um Ihnen nur die harmlosesten Dinge zu nennen,

am schwersten aber wiegt, daß das Fernsehen zur schlimmsten Einrichtungssünde geführt hat, die überhaupt möglich ist,

hatte einst jede Behausung einen Herrgottswinkel, so hat sie heute einen Teufelsaltar, der Bilder von falschen Engeln empfängt,

ist Ihnen noch nie der Gedanke gekommen, daß Satelliten tun, was Engel einst taten,

nämlich den Menschen beobachten, geleiten, ihn auf den rechten Weg führen und ihm Bilder vom Himmel schicken,

kamen Ihnen Satellitenschüsseln noch nie vor wie bittende Hände, zur Schale geformt, die eine himmlische Gabe erflehen, sahen Sie Fernsehmöbel noch nie wie Altäre und die gesamte Technik noch nie wie eine neurotische Ersatzreligion, die statt himmlischer Vollkommenheit irdische Perfektion lobpreist und anbetet und dem Volk mehr Opium liefert, als es konsumieren kann,

falls nicht, dann denken vielleicht selbst Sie, daß ich verrückt bin, während Sie Ihren Espresso mit perfekter Crema schlürfen,

aber zumindest werden Sie verstehen, warum es mich immer wieder ins Hotel *Slovan* zieht, wo ich mich der Illusion hingeben kann, in eine Epoche zurückzureisen, in der die Welt sich noch nicht vollständig im Würgegriff der technischen Perfektion befand,

spätestens dann, wenn ich die schwankende, offene Aufzugkabine betrete, den Knopf zu meiner Etage drücke und nicht weiß, ob der Aufzug mich wirklich dorthin bringen oder mich mit all meinen mitgebrachten Notizheften und frisch erworbenen Bleistiften in den Keller sausen lassen wird, bin ich in einer Welt angekommen, die sich der Zukunft noch nicht ausgeliefert hat, sich vielmehr ihr verweigert,

und wenn ich in meinem Zimmer angekommen bin, so entzückt mich besonders, daß ich dort zuweilen auf dem oberen Rand der Ummauerung der Duschkabine ein Stück benutzte Seife vorfinde, die ich an Geruch und Beschaffenheit als meine eigene erkenne, welche ich vor Monaten, bei einem meiner letzten Besuche, als ich zufällig dasselbe Zimmer bewohnte, mitgebracht, benutzt, dort abgelegt und bei der Abreise vergessen habe,

Sie glauben gar nicht, wie sehr ich mich in solchen Augenblicken im Hotel *Slovan* zu Hause fühle und wie fern mir der Gedanke liegt, eine Nachlässigkeit des Zimmermädchens zu reklamieren, welches ganz offensichtlich seit Monaten Tag für Tag die von mir achtlos abgelegte und dann vergessene Seife übersieht, nein, ich liebe derlei Reminiszenzen, die nicht anders als durch mangelnde Perfektion zustande kommen,

dennoch aber überkommt mich beim Anblick der liegengebliebenen Seife eine Phantasie, die nicht das geringste, nichts, aber auch gar nichts mit *gender mainstreaming* zu tun hat, eine Phantasie, die ich vielleicht, außer Ihnen, gerade noch Herrn di Molina, aber sonst keinem Menschen erzählen kann, weil sie nicht im mindesten dem entspricht, was man sich gemeinhin unter dem korrekten Umgang der Geschlechter miteinander vorstellt,

weil ich mir nämlich vorstelle, über die Rezeption das Zimmermädchen rufen zu lassen, das in meinen Phantasien mindestens zwanzig Jahre jünger ist als ich, um es mit seiner Nachlässigkeit zu konfrontieren und ihm zur Strafe ausgiebig den Hintern zu versohlen,

bitte fragen Sie mich nicht, wie diese Phantasie weitergeht, was ich mit dem Zimmermädchen noch alles anstelle, um es für die liegengebliebene Seife, die mich in meinem Wohlbefinden ja eigentlich in keiner Weise beeinträchtigt, ganz im Gegenteil, zu bestrafen,

weil zum einen auch das, was folgt, mit Gleichberechtigung nichts zu tun hat, und weil ich zum anderen niemals von einer weiblichen Führungskraft phantasiere, stets nur von einem Zimmermädchen, obwohl ich mir nicht sicher bin, ob ich nicht in den Augen vieler Menschen alles nur noch schlimmer machen würde, wenn ich von einer weiblichen Führungskraft phantasierte,

aber bitte verzeihen Sie mir, falls ich Sie mit meinem offenherzigen Geständnis schockiert haben sollte, und vergessen Sie nicht, daß ich Frauen wahrhaftig liebe, glauben Sie mir,

denn ganz besonders beglückt es mich, mir auszumalen, daß alles, was ich tue, mit den geheimsten Phantasien des Zimmermädchens übereinstimmt, daß es mit Absicht, seit Jahren schon, liegengebliebene Seife übersieht, um dafür einmal den Hintern versohlt zu bekommen, daß es sich überhaupt nur im Hotel *Slovan* anstellen ließ, um eines Tages die Erfüllung der Phantasie zu erleben,

aber selbstverständlich können Sie meine Dienstmädchenphantasie auch als einen Ausrutscher verbuchen, von dem nur Sie beurteilen können, ob er mit meiner Suche nach dem idealen Domizil überhaupt etwas zu tun hat,

und lassen wir dahingestellt, ob es nicht besser wäre, die Aufzugkabine im Hotel *Slovan* würde mit mir in die Tiefe stürzen, mitsamt meinem Papier und meinen Bleistiften, mit denen ich ohnehin nur Dinge notieren würde, die man wahrlich nicht als Literatur bezeichnen kann, weshalb ich mich, wenn ich mir meine Notizen ansehe, oft frage, ob ich überhaupt ein richtiger Schriftsteller bin,

weil ich an meinen Notizen sehen kann, daß es mich in die Seele hinein langweilt, zu beschreiben, wie sich ein kariertes Hemd über jemandes Bauch spannt, wie jemand in ein Automobil einsteigt, den Motor anläßt und losfährt oder wie blau die Augen der schönen Heldin sind,

weil ich nicht die geringste Neigung dazu besitze, mir poetische Metaphern oder geistvolle Dialoge auszudenken,

und von einer spannenden Handlung voll überraschender Wendungen und Verwicklungen zwischen schillernden Charakteren, mit der ich eine überschäumende, den Leser packende sogenannte Fabulierlust an den Tag legen würde, wie sie ohnehin nur den leichtfüßigen angelsächsischen Autoren zugeschrieben wird, wollen wir gar nicht erst reden, Herr Müller, nur kommen Sie um Gottes willen nicht zu dem Schluß, mir wäre geholfen, wenn Sie mir als ideales Domizil des Lebens und Schreibens den sozialistischen Jugendstilspeisesaal des Hotels *Slovan* nachbauen ließen, in dem ich meine Phantasien zu Papier bringen kann, zumal ich seit der Begegnung mit der Goldhaarigen, seit ich weiß, daß Menschen in ihren Tiefen ganz andere füreinander sind als an ihren Oberflächen, lieber hungrig bin als satt,

noch wichtiger als der Speisesaal sind ja die Menschen, die ihn bevölkern, die Gäste, die sich darin verteilen wie Inseln im Ozean, die Kellner Jirka und František, die von Insel zu Insel unterwegs sind, der junge Jirka wie mit einem Motorboot, der alte František wie ein Ruderer, der weiß, daß er das Wettrudern längst verloren hat und sich melancholisch dem Ziel entgegentreiben läßt, aber beide ebenso dezent wie aufmerksam,

und so müßte meine Wohnung beschaffen sein, damit ich in ihr schreiben kann, bevölkert von Menschen, die anwesend sind, um das zu tun, was Menschen nur dann tun, wenn man sie dafür bezahlt, nämlich abwechselnd mich umsorgen und mich freundlich in Ruhe lassen,

ich bin ein Tyrann, dessen Gewaltherrschaft freilich nur auf dem Papier stattfindet, niemals würde ich im echten Leben zuwege bringen, was mein Bleistift so schamlos zu Papier bringt, lieber nehme ich in Kauf, meine Wohnung zu fliehen, nach Pilsen zu fahren, mich von meinem letzten Geld, das in Wahrheit gar nicht mein Geld ist, sondern ein bescheidener Vorschuß meines Verlegers, den er mir aus letzter Kraft gewährt, damit ich Worte von der Gefangenschaft in Bleistiftminen erlöse, auf daß sie später in die viel schlimmere Gefangenschaft auf Buchseiten überführt werden können, im *Slovan* einzumieten,

wobei ich froh und dankbar sein muß, daß der Vorschuß nicht größer ausfällt, weil ich mit einer großen Summe Geldes gar nicht umgehen könnte, ich würde mich, bekäme ich einen Vorschuß in akzeptabler Höhe, wie Oskar Maria Graf in einen hemmungslosen Kaufrausch stürzen, um mich für die Zeit des Darbens zu belohnen, würde wie er durch Läden und Kaufhäuser ziehen, um mir Schuhe, Hemden und Anzüge zu kaufen, würde mich von den beschämenden Einkäufen im Supermarkt mitsamt den Literflaschen französischen Landweines für eins neunundsechzig erlösen und mir von schwitzenden Paketzustellern, die von mir ein fürstliches Trinkgeld bekämen, Kisten edlen Weines in die Wohnung tragen lassen, Vorräte von Spaghetti und verschiedenerlei Olivenöl würde ich mir anlegen, nur noch den erlesenen Kaffee aus

Machhörndls Rösterei in Gostenhof zu mir nehmen, mir niemals mehr mit Plastikeinwegfeuerzeugen Feuer geben, und schließlich brächte ich es sogar fertig, mir stapelweise Notizbücher zu kaufen und dutzendweise Bleistifte, um meinem Verleger anhand der Quittungen zu beweisen, daß ich das Geld in seinem Sinne angelegt und nicht etwa sinnlos verpraßt habe, das würde ich tun, nicht, weil ich besitzen will, ich weiß ja, daß Dinge nicht nur nicht glücklich machen, sondern im Übermaß fast ebenso schwer auf der Seele liegen können wie eine unglückliche Liebe, ich würde es tun, weil ich unfähig bin, Geld bei mir zu behalten, sobald ich Geld besitze, muß ich es loswerden, nur, es an Sie loszuwerden, Herr Müller, wäre völlig sinnlos, weil mein Wunsch an Sie ein unerfüllbarer ist,

wäre das Geld ausgegeben, würde ich, wie Oskar Maria Graf, mit leerem Kopf am Schreibtisch sitzen und meine Zeit damit verbringen, mich vor dem Klingeln des Telefons zu fürchten, ein Gefühl, das Sie, ich weiß es, nur allzugut kennen, vor den Anrufen des Verlegers, wie weit mein neuer Roman schon gediehen sei, ob ich ihm nicht einige Probekapitel vorlegen könne, und wie Graf würde ich ihm vorlügen, daß mein Werk schon kurz vor der Vollendung stehe, meine Arbeitsweise es mir jedoch verbiete, etwas davon zu entlassen, solange es unvollendet ist, und würde nach diesen Telefonaten nur um so verzweifelter vor meinen leeren Notizbüchern und meinen Bleistiftkollektionen sitzen, unfähig, sie mittels meiner Gedanken ihrer Bestimmung zuzuführen, unaufhaltsam dem Punkt der Verzweiflungskulmination zutreibend, an dem sich für einen Schriftsteller entscheidet, ob er sich umbringt oder sich in den Rausch des Schreibens stürzt,

lieber also würde ich mich im *Slovan* einmieten, als Sie, Herr Müller, statt in Ihrer Buntheit in schwarzweißer Kellnerrobe vor mir zu sehen in einer Wohnung, die unter Ihrer Regie einem sozialistischen Jugendstilspeisesaal nachgeformt wurde und wo Sie mitsamt Ihrem Personal –

aber ich scheue mich, dieses Wort hinzuschreiben, soll man in Ihrem Fall wirklich von Personal sprechen, ich weiß ja, wie Sie zusammen mit Frau Rehbeck Ihre Existenz aufgebaut haben, oft genug haben Sie mir von Ihrer Telefonphobie erzählt, davon, daß Sie angstgelähmt auf dem Sofa liegend das Klingeln des Telefons erwarteten, daß Frau Rehbeck eigentlich nichts mitbrachte außer ihren herausragenden Fähigkeiten im Umgang mit Kunden, jedoch von Bürotätigkeiten völlig überfordert war und das Telefon ebensooft mit der Rechenmaschine verwechselte wie die Rechenmaschine mit dem Telefon, ich glaube, Sie sind in Ihre Existenz genauso ahnungslos hineingestolpert wie ich in die meinige, niemals hätten Sie, als Sie Ihre Firma gründeten, damit gerechnet, daß Frau Rehbeck sich einen Pudel anschaffen würde, der sich nicht hineinfinden will in seine Pudelexistenz, und daß man den verirrten Pudel eines Tages mit Hubschrauberstaffeln wird suchen müssen, oder daß Ihr Konstrukteur, Herr Meindl, der ein Jagdrevier gepachtet hat, stets dann vom Jagdfieber gepackt wird und in die Wälder zieht, wenn Sie ihn am nötigsten brauchen, und ebensowenig hätte ich, als mich das Schreiben ergriff, als ich es ergriff, um einen Beruf zu fliehen, nicht, um einen zu haben, als ich zum ersten Mal Worte und Sätze schrieb, die sich zu einer Geschichte formten, geahnt, auf welch magische Weise die Welt durch den Bleistift aufs Papier fließt und vom Papier wieder zurück, auf welch magische Weise innere Bilder, die ich in Worten festhalte, Monate und Jahre später zu äußeren Bildern werden, die mir entgegenkommen, auf welch magische Weise Leben und Schreiben ineinander verwoben sind, wie Wort zu Leben und Leben zu Wort wird und um wieviel mehr ich mir etwas herschreibe, als mir etwas wegzuschreiben, fällt Ihnen auf, Herr Müller, daß ich kein Ende finden will, obwohl mein Satz schon so schwer geworden ist, daß er mich zu erdrücken droht, und so lang, daß er sich wie eine Nabelschnur mehrfach um meine Kehle windet, nur die Angst hindert mich, ein Ende zu finden, weil ich nicht wissen kann, nur ahnen, wohin und wie tief seine Worte fallen werden, die Angst davor, was geschehen wird, wenn ich den Schlußpunkt setze, über den ich unweigerlich stolpern und ins Leere stürzen werde, nichts fürchte ich mehr, als das einzige, was ich habe, meinen Satz, zu verlieren, den ich nur schreibe, damit ich nicht sterbe, an einem imaginären Ort, wo Sie mitsamt Ihrem Personal dazu verurteilt sind, mir angenehme und unaufdringliche Gesellschaft zu leisten, damit ich schreiben kann, und damit ist in einem Satz fast alles gesagt.

in memoriam
Horst Müller
(1949–2015)

Dank

Autor děkuje Hance Benešové a Robertu Benešovi, kteří svým laskavým a velkorysým pohostinstvím podpořili práci na tomto románu.

Der Autor dankt Hanka Benešová und Robert Beneš, die mit ihrer warmherzigen und großzügigen Gastfreundschaft die Arbeit an diesem Roman gefördert haben.